新潮文庫

妻の超然

絲山秋子著

新潮社版

9652

目次

妻の超然

妻の超然

女がすべてわかっているということがわからない、と、文麿《ふみまろ》は言う。

女と言ってもただの女だ、知らない人間ではなく自分の妻だ。妻なんぞに何もかもわかられてたまるものか、という意味である。

しかしそれこそが女というものをわかっていないということなのだ。隙さえあれば、見たことも話したこともないけれど小便臭いに違いないあの女の元へ出掛けて行く文麿はそのたびに判で押したように女からもらったパンツを穿いていく。そんなことに気づかない妻が、女というものが一体どこにいるだろうか。

理津子は一人憤然とするのである。

それは文麿が夢中になっている女に対してではなく、文麿の不甲斐なさに対してである。

このパンツ、洗ったものかどうしたものか。

月曜の朝、洗濯カゴの中に何かの抜け殻のように入っている文麿のパンツを見て、理津子は思う。捨ててしまってもいいではないか。捨ててしまっても案外、気がつかないかもしれない。

どうしたんだろうな、ないんだよなあ。

文麿はそんなふうに言うだろう。そして理津子が黙って振り返ると、いや、いいんだ。

とドングリでも呑み込んだような目をするに違いない。

そして一月もたたないうちに代わりの、ブランドもののパンツがどこからともなく現れるだろう。文麿は吝嗇《けち》な男だからそんなものを自分で買うはずがない。文麿が自分で買ってくるパンツといえば必ずユニクロで、だからこそトミーヒルフィガーだの、ホリスターだのといったブランドもののパンツが加われば目立たないわけがない。そのことに文麿は気づかない。

まあ、別の人が穿いたわけじゃないのだから、と思って理津子はその派手なパンツをつまんで洗濯機に放り込む。理津子は既にパンツの中身を必要と思っていないが、妻として、文麿にパンツを穿かせないわけにもいかないのだ。

小田原は幕の内弁当のような街だ。ごま塩をふったご飯を真っ白な壁の小田原城に見立てるならば、商店街は色とりどりのおかずのように立ち並ぶ。縦横の道に対して斜めの道がある。焼き鮭、かまぼこ、卵焼き、筑前煮、時にはミートボールやシュウマイ、見ているだけで楽しくなるような彩りの街だ。焼き肉屋の隣に銀行があったり、魚屋のすぐ先に布団屋があったりと統一感はないにしても、にぎやかで楽しげな路地があっちにもこっちにも広がっている。チェーン店と地元の店のバランスもちょうど食べ飽きぬ感じである。そんな楽しい弁当が次第に端の方でほどけて、シャッターが閉ざされた寒々しい通りのあたりに、無粋にも立ち並ぶのは中高層のマンション群である。弁当のデザートにみかんか干し柿でも入れればいいところ、わざわざ四角いチョコレートを持ってきたようなかたちだ。そぐわない。理津子が住んでいるのはそんなマンションだ。

ベランダで洗濯物を干しながら、理津子はアーケード街の裏に古くからあるちんまりとした家々を見下ろす。平屋の瓦屋根の上で丸くなった二匹の三毛猫を見れば平和な気分になるけれど、古い家に暮らす人の顔は見えない。

この家とあの家との違い、それははっきりしている。

この家では誰も生まれず、誰も育たず、誰も死んでいない。

この家には愛がなく、あの家にはあったのかもしれない。

朝十時半、理津子は和室の真ん中にちんと正座して瞑想する。その時間を彼女は、一人グーグルと呼んでいる。お題を空欄に打ち込めば、たちまち脳内のサーチエンジンに引っかかった言葉が並ぶ。

今日のお題は結婚十年目。

結婚十年目……プレゼント　結婚十年目……お祝い　結婚十年目……ダイヤモンド　結婚十年目……妊娠　結婚十年目……破局──

「あっ、破局っ」

なんていい響きなんだろう。破局。

答は出た。さばさばとして理津子は立ち上がり、買い物に出かけていく。

文麿の行動は判りきっている。会議の日以外はこの不景気の時代、残業はあまりない筈だ。にもかかわらず、文麿はクルマで十五分の工場から帰ってこない。ときどき東京本社に出張がある。非常に怪しい。大手を振って出かけるのは土曜の朝だ。これはほぼ、毎週。もうそろそろカミサンもいいだろう、前のほとぼりも冷めただろう、と思って外泊する時期はおよそ九十日ごと、ため息が出るほど正確だ。やや、そろそろ来るな、と理津子が思っているまさにそのときに、やる。徹マンをしたとかなんだとか言い訳をするが、麻雀でシャンプーのにおいはしないだろう。東京で歓送迎会があって電車に間に合わなくて泊まった、と言うが、そんなものに呼ばれるほど偉くないことは理津子だって知っている。そもそも歓送迎会って、スーツにファンデーションがつくようなことでしたっけ。みっともないから彼女にブラシをかけてもらった方がいいと思いますよ。

別に毎晩文麿にいて欲しいわけではない。二人の間はもうとうに冷え切っている。我慢して一緒にニュース番組を見るのは食事の時間の沈黙がばかばかしいからで、食事が終われば文麿は、ああ疲れた、と言って350ミリ缶のビールを持って北側の自室に閉じこもる。そして朝までリビングに出てくることはない。理津子は父親譲りの阪神タイガースファンで、阪神‐巨人戦の中継がある晩はむしろ文麿がいない方がいい。文麿がいなくなれば理津子は安心してチャンネルを変えて野球の攻防を見守る。考えることはいくらでもある。なぜ今年の今岡はあんなに最悪だったのか、金本も矢野も下柳もあと何年やっていけるのか、彼らの代わりには誰を据えるのか、鳥谷の顔がどことなく冴えないのはなぜか、赤星はどうしてあんなにバントが下手なのか。コマーシャルの間に食器を運び、片付け、試合中継が終わった頃には食卓はきれいになっている。今頃文麿はあの女とメールをしているのだろう。

しかし今年はもう、シーズンも終わった。我が子のような、我が弟のような選手達がトレードに出されないことを祈るのみだ。

理津子は和室に布団を敷いてから風呂に入り、寝る前に文庫本を少しだけ読む。少しずつ読むので筋がごちゃごちゃになっているが、時代小説なのでそう困ることもない。二人が寝室を別にしたのは、まだ大げさな言葉と身ぶりと汗と涙にまみれたケンカをする元気があった頃で、たしか四年くらい前だったと思う。ダブルベッドは北側の部屋に残され、理津子は南側の和室を自分の居場所とした。こういうときに子供がいないと、子供の歳で年月を計ることが出来なくて不便だ。子はかすがいという言葉が本当だとしたら、子供がいないのは豆腐にかすがいだ。夫婦関係はぐちゃぐちゃだ。あっという間に四年なんて経ってしまう。あっという間に歳をとってしまう。それでも、この後の何十年というものは重たく暗く自分にのしかかって来るのである。

文麿は揚げ物が好きである。揚げ物の次には肉が好きで、野菜や煮物はあまり食べない。かぼちゃが嫌いだ。にんじんはもっと嫌いだ。外ではよく焼き肉を食べているようだ。理津子は魚が好きである。小田原の町中には鮮度のいい地魚《じざかな》を扱っている店がある。昔は肉も好きだったが、だんだん食べなくなった。歳のせいだ、と文麿は言い、その通りだと理津子は思う。文麿と理津子は五歳違いで、理津子の方が年上である。あと五年も経てば文麿も茶漬けと漬け物だけで満足してくれるのか。それとも歳をとってもぎらぎらぎらぎらと脂っこい肉を食べてぎらぎらぎらぎらと週刊誌のグラビアページを追いかけているのか。

別献立にしてから楽になった。なにしろ、いつ帰ってくるかわからないのだ。自分だけさっさと食べて、文麿の分は帰ってきたら温めるなり焼くなりしたらいいのである。

おまえも少しは肉を食えよ。

と文麿は言う。だが、理津子はアジの干物があればいいのだ。それにおひたしかごま和え。冬はおでんでいい。気が向けばぶり大根を煮る。文麿には月に一度はステーキを焼いてやり、週に一度は生姜焼きを焼いてやり、ハンバーグも作れば餃子も包んでやる。しかし自分では味見程度にしか食べない。体が性行為を欲しないように、肉類も欲しない。

文麿はビールが好きだ。放っておけば一リットルでも二リットルでも飲む。肉ばかり食べてビールを飲んでも、文麿は太らない。太ったとしてもどうせわからない。スーツを新調するとしたら何か言ってくるだろうけれど、今のサイズで収まるのなら知ったことではない。一緒に風呂に入るわけじゃあるまいし。

小田原から箱根板橋までは箱根登山鉄道で僅か一駅である。駅を下りると一見、何もなさそうだが、歩いていけば目の方がだんだんに街の風情に慣れてくる。住宅の古い板ガラスに揺れる波のかたちをした光が浮かびあがってくる、昔ながらの商店も当たり前に見えてくる。豆腐屋を見て理津子は郷愁を覚える。そして訪れた人を背後から静かに追い越すクルマははっとするほど美しいジャガーだったり優雅なメルセデスのワゴンだったりする。もう少し奥に行けば大倉喜八郎や山県有朋の別邸なども残っている。錦鯉が泳ぐ池とその向こうの木立を座敷から見ていると、ゆっくりと時が流れる。晴れの日ももちろんいいが、雨の日には雨の日の情緒のある街である。そして一番すばらしいのは今だ。紅葉の時期である。

舞浜先生の家はそれらの豪邸よりも駅に近い、旧内野醤油の近くで、大変目立つ。

茶人たちがひっそりと風情を楽しんだこの街に殴り込みをかけるような明るい色のログハウスなのである。一体なんだってこんなとんでもない家を建てたのか、理津子はまだ舞浜先生に聞いたことがない。

舞浜先生というのは理津子のひとまわり下の妹の響《ひびき》の旦那の叔母である。もう還暦はとっくに超えている。以前は都内で、雑誌に載るようなフレンチのレストランを経営していた。テレビに出ていた時期もあったらしい。理津子が東京にいた頃には出会うことすらなかったような人物だ。ヒルトン小田原で妹夫婦と食事をしたときに紹介された舞浜先生は、まるきり初めて会ったという気がしなかった。変わった人だとは思ったが、人見知りの理津子にも親しみがもてた。

彼女は五十歳を境に引退し、箱根板橋にやって来てこの風景を破壊するようなログハウスに住み始めた。小田原暮らしは理津子より少しだけ先輩である。それから数年間、大きなキッチンのアイランドカウンターを使って料理教室の先生をやったけれど、舞浜先生自身に大したやる気もなかったし、理津子の他には通って来る生徒もろくにいなかったので、

「りっちゃん、もうお教室やめるから、ふつうに遊びに来てね」

と言って、それからしばしば招いてくれるようになった。そもそも舞浜先生の扱うような、鴨だの鹿だのを自宅で料理することなど出来るはずもなかったので、理津子はそれ以後お手伝いと食べる方に専念するようになった。親戚をいつまでも先生と呼ぶのも変だが、それ以外の呼び方も思いつかない。叔母様でもないし、清恵さんでもない。ときどき、理津子は胸の中で舞浜先生のことを「公爵夫人」と呼ぶが、口に出して言ったことはない。もちろんそれは間違っている。先生は独身だ。舞浜先生が公爵夫人でも、その甥っ子の和弘君はふつうの会社員である。気取りもないし、遠慮もしない。贅沢もしない。理津子は、響が和弘君と結婚したことに満足している。

　理津子は響がかわいくて仕方がない。母のまるく膨んだお腹にいるときからかわいかった。生まれたときは嬉しくて仕方がなかった。親が店に出ている間、理津子は響をお風呂に入れてやって、鼻をかんでやって、お人形のように面倒を見た。抱き上げられるまでくつくつ泣いていた響も今や三十代なのだが、理津子の愛情は変わらない。響のためならなんでもしてやりたい。自分がばあさんになっても面倒をみてやりたい。

　舞浜先生は小さくて、太っていて、きびきび動いて、鈴のように笑う人である。ワインが好きで、理津子が絶対に覚えられないような銘柄のワインを次から次へと取り寄せてワインセラーにため込んでいる。ほろ酔いになると早口にはなるが、酔いつぶれたりすることはない。ソファにはフランスのファッション雑誌が当たり前のように転がっていて、テレビでフランス2が流れていることさえある。

「いいなあ、私も結婚なんてしなかったらよかった」

理津子は舞浜先生の気楽な暮らしに憧れる。自由で、穏やかで、お金持ちで、楽しそうな生活。これこそ幸せと言うのではなかろうか。もちろん無い物ねだりであることは百も承知である。

「結婚してなかったら、りっちゃん、どうしてたの?」

「どこかに就職し直して……」

そんな働き口があっただろうか。それよりも、働き続けていられただろうか。自分にとって一人暮らしはこの歳になっても快適だっただろうか。多分、苦しいと思う。無理だと思う。

のーちゃんみたいにはなれない。

のーちゃんと理津子は幼なじみだ。小学校から高校まで一緒だった。だからどこの同窓会に行っても、理津子はのーちゃんと会うことができる。小学校に入った頃、理津子は「のりこちゃん」とうまく言えなくて「のーちゃん」と呼んでいた。大人になってのーちゃんなんて呼んでいるのは理津子だけだが、今更木村さんとか倫子《のりこ》さんとか呼ぶわけにはいかない。のーちゃんはのーちゃんでしかない。高校の同級生は「キムリン」と呼んでいる。

のーちゃんはだらしがない。いくつになっても、待ち合わせの時間が守れない。嘘も平気でつく。理津子は何度怒ったかわからない。それでもいつの間にか仲直りをして、かれこれ四十年の付き合いである。理津子はのーちゃんのことを尊敬している。

頭の回転も速いし、誰のことも恐れない。そして運転がものすごく上手。

のーちゃんは、タクシーの運転手をしている。あの広く込み入った東京の道を自由自在に走り回る。理津子にとっては怖ろしいだけの首都高だって隅から隅まで知っている。地図なんて殆どいらない、ナビなんて使わない、と言う。酔った客も、強面《こわもて》の客も恐れない。愚痴もこぼさず、冷房がきついとも、腰が痛いとも言わず、のーちゃんは働いている。

のーちゃんは、本当は観光バスの運転手をしたかったのだ。でも、どうしていいかわからなかったから、高校を卒業してすぐにバスガイドになった。みんなが結婚退職をする頃、バスを運転するんだと言って勉強をしていた。大型二種の免許も取った。

けれども会社はそんなのーちゃんの希望を叶えてはくれなかった。のーちゃんは、上の人たちにはじかれて、いじめぬかれて会社を去り、タクシー会社に入った。今の会社ではみんながかわいがってくれる、と、のーちゃんは言う。本当だろうか。のーちゃんは深川の小さなマンションにひとりで住んでいる。理津子はそこへ行ったことがない。のーちゃんは昔から部屋をひどく散らかしていたし、今でも足の踏み場がないから、と言って理津子を呼んでくれない。でも、深川はいいところだし、営業所に自転車で行けるから、と言う。もう少しがんばって個人タクシーになれたら、そのときは町工場を閉めてひっそりと暮らす親元へ帰るかもしれない、と言う。どうだろう。のーちゃんの言うことはあんまりあてにならない。

文麿は舞浜先生が苦手である。

「ああいうやり手ばあさんはどうもね……」と言う。

自分の妻が同性と遊んでいることは、息抜きとして大変よろしいと思っているようだが、舞浜先生を家に呼びたいとか、舞浜先生と一緒にどこかでお食事とか言われると、意気地なしが全開になる。

「いや、俺はいいから女同士で楽しくやりなさい」

と文麿は言う。

「怖いの？」

と、問えば、

「いや、怖くない、怖くないです。でもやっぱり俺はいいよ」

と答える。そして、あれえティッシュどこいっちゃったかな、なくなったかなあ、などと言いながら退場するのである。

一方で舞浜先生というのは猫のような人だから、自分を嫌う人にすすんで寄っていく。相手が困るのが大好きなのである。

舞浜先生の家で、デザートを食べ終わった頃、先生はいたずらっぽい顔で言う。

「文ちゃんお迎えに来ないの？」

「来ないわよ」

「じゃあ今から電話しちゃおうよ」

「嫌がるって」

「少しは構ってあげた方がいいのよ」

「先生が構わなくてもいいじゃない」

舞浜先生は電話をかける。以前、何かあった場合のために夫の携帯の番号を教えたのだが、文麿はそれをたいそう恨んでいる。

「あらー、文ちゃん？　私よ、そう。ずいぶんご無沙汰じゃないこと？　今からいらっしゃらない？　え？　お仕事、そんなの途中にしてらっしゃいよ。あら、だめなの？　それともお仕事以外に大事な用事があるのかしら？　はははは、だめよそんなことおっしゃっても。はははは。ははは。じゃあわかったわ、今夜は勘弁してあげるわ。でもりっちゃんには泊まっていただきますからね。ははははは。それじゃ失礼いたします。ごめんくださいませ」

舞浜先生が文麿に電話をしているとき、理津子は暗い気分になる。それをどう名付けていいかはわからないのだが、ひとりぼっちで暗い道をうろうろと歩いているような気がするのだ。

理津子は、携帯メールというものをあまりよく思っていない。パソコンのメールであれば、舞浜先生と交わすこともあるのだが、それだって好きではない。確かに、レシピを送ってもらうときにメールは便利だが、そもそも理津子は滅多にパソコンを立ち上げないので、「今からメール送るわよ」と電話で言われなければ気がつかない。自分から友達にメールを送ることはまず、ない。貰ったメールは返事を返してしまわないと気になって仕方がないし、返事をしてしまえば返事の返事が欲しくなるという悪質な仕組みだと思っている。電話よりもたちが悪く生活の中に入り込んでくる。気をつけているつもりなのに、埃や水回りのぬめりのように黙って湧いてくるのだ。

理津子に携帯メールを送ってくるのは文麿しかいない。しかもそれは大抵よくない用件で、

「今夜会議で遅くなる」とか、

「明日から出張だ」とか、

「忙しい」とか「忙しい」とか、

「忙しい」とか、そういったものばかりなのである。つまりは全て嘘である。言い訳である。何故に夫の浮気に対して、お疲れ様、忙しいのね、などと妻がお墨付きをくれてやらねばならないのか。そんなに忙しいのならどうぞ泊まっていらっしゃい、などと言わねばならぬのか。そんなことをしたら敵はいい気になって、今夜は大丈夫だよ、家には連絡したからさ、などと鼻の下を伸ばすだけではないか。その姿は男としてあまりにもみっともない。ひょっとしたら浮気相手だって腹の中で嘲《あざわら》っているのではあるまいか。

かといって返事をしなければ電話がかかってくる。電源を切ってしまえば文麿はず

いぶん早くに帰ってきて、どうしたんだおまえ、俺は外で働いてるんだからあんまり心配かけるなよ、などとうろたえる。それはうろたえたふりなのかと理津子はいぶかしむが、文麿はそんな気の利いた芝居のできる男ではない。

それにしても文麿が携帯電話を大事にすることは尋常ではない。蠅がぶんと飛んでも携帯のバイブレーションなのかと勘違いするほどだ。夜中に女とメールしながら電話をぺろぺろ舐めているのではないかと思われるほどだ。嘘なのになあ、と理津子は思う。携帯電話なんかで愛が伝わるものか。伝わるとしたらせいぜいそれは愛想だろう。そんなものを信じている文麿がかわいそうだと思い、若いうちから携帯に慣れていたらどうだったのだろうかとも思う。

連れ合いの携帯電話を見たのが離婚のきっかけなんて話はざらに聞くけれど、そんなことをしなければ浮気がわからないのだろうか。それは妻としていかがなものであろうか。理津子は、文麿が舐め回した携帯なんて触れるのも嫌だ。ましてや中に詰まったメールの戯言なんかに何の興味もない。なんならテーブルの上に置きっぱなしにして会社に行ってごらんなさいよ、見やしないから、と理津子は思う。それほど妻が自分に興味を持っているとでも思うのかしら。お生憎様《あいにくさま》。

文麿はテレビのチャンネルを頻繁に変える。ザッピングというのだと理津子はどこかで聞いた。ザッピングしている文麿の気持ちは全くわからない。とにかく退屈しているのだ。理津子がその場にいることは全く無視されている。雑音を聞かされて不愉快な気持ちになっているということがなぜわからないのか。理津子にとって文麿がチャンネルを変え続けることは苦痛でしかない。そんな苦痛を表すだけで呆れられてしまうだろうが、理津子は一刻も早く文麿がリビングからいなくなることを願う。ああ疲れた、と言いながら自分の部屋に入るか、それともリスが頬袋に餌を隠すようにうれしさを隠してどこかに出かけてしまうか。テレビの前でうるさくされるくらいなら、よそで倫理に反する行いをしていたって理津子は一向にかまわないのだ。文麿が都合のいいときに出かけたいように、理津子だって理津子の都合で出かけてみたい、と思う。けれど突然思い立って行く場所などないのだ。目の前にいる夫に、理津子は少し静かにしてくれない？　と言うことができない。ため息をつくことさえも面倒くさい。

よその夫婦は何をしているのだろうか。去年の話や来年の話を生き生きと語り合ったりしているのだろうか。おそらくそんなことはあるまい。よそにはよその退屈があり、うちにはうちの退屈がある。よそにはよその不満があり、よそにはよその嘘があり、よそにはよその欠如が、不幸が、充満した怒りがある。そして、よその旦那もどうせ何もわかってはいない。ああ。

何もすることがない日、理津子は小田原城まで歩いて行く。城の前には二つしか檻のない無料の動物園があって、その一つが象のウメ子さんの檻である。ウメ子さんは舞浜先生と同じくらいの歳だが、元気だ。夏なら水を、冬なら藁を理津子に向かって吹き付けようとする。最初は怖かったが、どうやらそうやって威嚇して、来た人間を驚かせるのがウメ子さんの楽しみらしいと知ってから、笑ってよけるようになった。うまくよけないと藁だらけ、びしょ濡れになってしまう。そんな姿で帰ろうとしたら、小田原の人たちはそれを見てウメ子さんの仕業だとわかって笑うに違いない。

ウメ子さんのそばにいるのが理津子は嬉しい。

理津子が笑うとウメ子さんは満足そうに小さな目でこちらを見ている。威嚇するのは最初だけだ。本気で理津子を嫌っているわけではなさそうだ。

——ウメ子さん

理津子は皺《しわ》だらけの皮の裂け目にある小さな目に向かって話しかける。

——ウメ子さんはそんなに長生きしていて、つらくないの？　どこにも行けなくても平気なの？

ウメ子さんは鼻をぶらぶらさせている。頭の上から藁を撒く。足踏みをする。尻尾も揺れているのが見える。象というものはずっしりと落ち着いているように思われるが、見ていると一瞬でもじっとしているということがない。

どうして象は文明を手に入れなかったのだろう、と理津子は考える。これほど器用で、これほど賢くて、これほど強い者が、どうして地球を制圧しなかったのだろう。そして象なりの深い哲学と慈しみに満ちた世界を作らなかったのだろう。

理津子は問うが、ウメ子さんは文明に興味がなさそうだ。

――また来るから。元気でいてね

きっと小田原中の人が、ウメ子さんに同じことを言うのだろうな、と理津子は思う。そして老後の自分のことを願う。長生きして、朗らかで、人気者で。

ウメ子さんの檻から少し離れた場所に、猿山がある。理津子が猿を見るのは、文麿の動作が猿に似ていると思うことがたびたびあるからだ。文麿が猿に見えることがあっても、ニホンザルが文麿に見えることはない。飛んだりぶら下がったり体をゆすったりし、ちょっかいを出し、喧嘩をしてわめき、子供を抱いて走り、エサを口に入れてうずくまる。赤い尻を出し、尻尾を立てたニホンザルの姿はせわしなく、それ以上に生々しくて、理津子はそれを長い間見続けることができない。ウメ子さんと違って猿たちは理津子を見ていない。

理津子は猿の檻を後にする。

小田原の海は眩しい。

理津子は一人きりで浜辺にいることが少し怖い。

海は無限にも見える。無限の無なのか、無限の有なのかわからない。もちろん海というものはくるりと地球を巻いているのだから、怖がることはないのだけれど、海の前では自分の大きさがわからなくなる。海の時間は、行き交う船にはわかっている筈だが、理津子にはわからない。海に話しかけようとしても、ただ、痺れるように眩しい。

あの女を憎いと思うことはない。ずいぶんうっかりした女性なのだろうと思う。多分自分より相当若いのだろう。そして独身だろう。独身の女性にとって、文麿は魅力的な男かもしれない。自分のときは少なくともそうだった。ホテルマンのようにしなやかな身のこなしといい、いかにも気の利いた話題作りといい、しつこすぎない冗談といい、酔うと少し子供っぽくなる表情といい。

それがなんだ。

間抜け男が、と理津子は思う。くそったれが、ひょっとこが、水虫が、ガリガリ亡者が、種なしが。

種なしというのは確かめたわけではないが経験上多分本当のことだ。結婚して六年間、二人は同じベッドで寝ていたが子供はできなかった。自分が妊娠しにくいのかもしれないが、心の中で種なしよばわりするのは勝手である。それに今になって愛人の子でございい、なんていうのが現れても困る。種なしでいいのだ。彼が種なしスイカや種なしブドウといった言葉を聞いて傷つくところは見たことがないが、そういったものを家に入れないのは最初は思いやりからであった。今ではただの習慣だ。

若いときの理津子は何人かの男性とつき合うことはあっても、結婚することなど考えられなかった。品川の不動産屋で働いていた理津子にとって、結婚というのは緊急時にしか使ってはいけない非常ブレーキで、踏むことが恐ろしかった。趣味らしい趣味もなく、馬車馬のように働いた。気が遠くなるほど働いた。なんでこんなにマンシヨンが売れるのかと思っているうちにバブルがはじけて、あれよあれよという間にあんなに大きかった会社もはじけた。

職を失って実家でぶらぶらしているときに、横浜で合コンやるから来ない、とのーちゃんに言われてのこのこ出かけていったのだ。ヨコハマ、というのが間違いだったのかもしれない。オダワラ、だったらもっと冷静になれていたに違いない。あのときの自分はネジが二本か三本飛んでいたとしか思えない。いつの間にやら三十五歳になっていた。何も期待していなかったはずなのに、そこで出会った文麿に夢中になってしまった。文麿は当時、小田原にある薬品工場の係長をしていた。今では課長になっているが、理津子はそのことを重視していない。

とにかく、合コンで出会ったあとの週末は全て文麿のものとなった。文麿がクルマで迎えに来ることもあったし、理津子がいそいそと品川から東海道線で小田原に行くこともあった。何度も旅行に行った。九州へ、金沢へ。北海道にも行った。ベッドの中で二人は、これからも一緒にいろんなところに行こうね、と囁きあった。これからもずっと一緒にいようね、と。

文麿は熱心で、親切で、常識的な男だった。セックスは淡白だったが、終わったあともずっと腕枕をして優しく話しかけてくれた。好きになると、その男の顔が気に入るんだなと理津子は思った。顔だけではなく、仕草も、スタイルさえも。

二年間つき合う間に理津子の両親は年下の男との結婚を許し、婿養子を呼んで豆腐屋を継がせることは諦めた。文麿の両親も理津子のことをなんとか認めてくれた。

理津子が結婚したのは三十八歳で、文麿が三十三歳のときだった。ここで結婚しないと、もうチャンスはないと理津子も思っていた。

バカ女だった。ああバカ女だった。

バカ男だった。ああバカ男だった。

バカとバカが結婚して新婚時代は楽しかった。文麿が二十五年ローンでこのマンションを買ったとき、理津子は嬉しくてありがたくて涙まで流したのだ。

楽しかったのだろうか。楽しそうにしていただけだろうか。思い出せない。本当に楽しかったことなんてすぐに忘れてしまう。バカだったなと思うことは一生忘れない。

あの頃は、自分さえ機嫌良くしていれば文麿はずっと変わらずに優しくしてくれると信じていたような気がする。

だがいつの間にか理津子は楽しそうにすることに飽きた。ゆるく結んだ紐がはらりとほどけたように、寄り添うことがなくなった。夫婦は別々の孤独に閉じこもるようになった。

たった十年でこれだ。結婚なんて家電と変わらない。なのにまだ二十年だか三十年だか生きるのだ。壊れた家電同士の夫婦が、だからといって捨てるわけにもいかないで並んでいる埃だらけの棚の隅、それがこの家だ。

なにより、文麿は吝嗇だ。

朝十時半、理津子は座敷の真ん中にちんと正座して瞑想する。

今日のお題は吝嗇《りんしょく》。

吝嗇……バカ　吝嗇……案外長生き　吝嗇……嫌われ者　吝嗇……スケベ根性　吝嗇……定食屋！

「そう、定食屋だった」

三年前、理津子の両親の金婚式のお祝いを選ぶということになり、ずいぶん久しぶりに二人で横浜に行った。帰りに理津子は中華街で評判の店に行きたかったのだが文麿はアジフライ定食が食べたい、と言いだし、そして一度口にした以上頑として引き下がらず、理津子は三番目にいい靴のヒールをすり減らしてアジフライのために横浜中を歩き回ることになった。お互い横浜に詳しいわけでもない。アジフライを置いているような定食屋はみつからなかった。

どうして横浜にまで来てアジフライ定食なのか。もっと食べる価値のあるものがいくらでも存在するではないか。アジフライなんてそんなもの、小田原にだっていくらでもあるではないか。むしろ小田原の方がいいアジがあるではないか。いつだって頼めば作ってやるではないか。理津子にはそこがわからない。もしかしてあの女なら、あの顔も見たことがない下賤な女なら、横浜で食べるアジフライ定食の価値がわかるのかもしれない。

この前の金曜の夜も、文麿は帰ってこなかった。文麿のいない家は、当初は寒々しかったが、今となってはすがすがしい。しかし妻として、と理津子は思う。翌日になって電話もしないわけにはいかないだろう。何時に電話したものか。朝の十時、昼の二時、夕方の四時……迷った挙げ句、理津子は無難な夕方の五時に電話をかけ、文麿は平然とその二時間後に帰宅した。

もちろん、そんなことで理津子は文麿とケンカをしたりはしない。一年に何度もやらないが、もしケンカをするとしたら理津子は頭の中に阪神の藤川球児を降臨させ、帽子の庇《ひさし》をぐいと下げて左手を膝に、ボールを握った右手を背中に置いて配球を考える。直球を見せておいて、ボール球を思い切り振らせて、あとは二つくらいファールを打たせた後、見事なチェンジアップで三振を取る。
第一球「一体、どういうことなの？」
第二球「それって、あなたの中だけでしょ？」
第三球「じゃあ、先月の二十日は？」
第四球「あら、そう、ふうん」
第五球「全部、嘘」
勝つことが大事なのではなく、ボール球を振った文麿が息を詰まらせて頬を染めるところがいいのだ。しかし夫婦げんかというものも、所詮プロ野球のように毎年毎年シーズンが巡ってくるうちの一つのゲームであって、文麿がどんなにカッとなろうとも、大きな音をたてて北側の自室のドアを閉ざそうとも、それで終わりということにはならない。文麿がこの家を出て行くことはないだろう。そんな面倒くさいことができる男ではない。
あの女が、文麿に惚れているとしたらそれは好都合だ。なぜなら、それほど手っ取り早く終わる付き合いもないからである。そして恋愛などというものは一度終わってしまえば二度と立ち上がらない。もちろん文麿も男という動物である以上、未練というものは人並みに持っている。何年も女のことをうじうじ悩むかもしれない。女からもらったパンツは絶対に捨てられない。男という動物は女よりずっと女々しくできていることを、理津子は歳をとってから知った。未練で何かが動くとしたら、それは大したことだが、そんなことは滅多に起こらない。

しかし、どんな女なんだろうか。文麿に甘えるのか、それとも文麿が甘えるのか。

気持ち悪い。

年上だろうか年下だろうか。美人だろうか醜いだろうか。

どちらにしても気持ち悪い。嗅いだことのないその女の白粉《おしろい》の匂いを想像するだけで吐きそうになる。

金持ち、かもしれない。文麿があれだけの小遣いでやっていけるとしたら。

金持ちだったらいやだな、と理津子は思う。美人で若くて金持ち……ばかばかしい。あんなぶっさいおっさんにどうしてそんな女がつき合わなければいけないのだ。本当に聞いてみたい。文麿の一体どこがよくてつき合っているのですかと。

今日のお題は浮気。

浮気……裏切り　浮気……夫の浮気　浮気……ちょっとくらいならいいか
浮気……一時のもの　浮気……迷惑だしみっともない　浮気……浮気の一つや二

つ

浮気……私も浮気してみる？

そんなことはあり得ない。

だめだ、今日は結論が出ない。

のーちゃんから電話が来る。

「のーちゃん、今日お休み？」

「うん、休み。りっちゃん忙しい？」

「ううん、ヒマヒマ。だって主婦だもん」

「旦那はまだ浮気してんの」

「うーん。してるみたい」

「ストレスたまんない？」

「大丈夫よ。のーちゃん、なんかいいことあったんでしょ」

「うん、ちょっとね」

「カレシできたの？」

「うん。まだ二回しか会ってないけど」

「やっちゃった？」

「さあ、どうでしょう」

「今度はちゃんとした人？」

「ちゃんとした人だよ、勤め人だし」

「不倫じゃないでしょうね」

「バツイチ。だから今は独身」

「子供いるんじゃないの？」

「いる。でも私、子供とも仲良くするから」

「心配だなー、のーちゃん惚れっぽいから」

「今度一緒に会う？」

「うん、会う会う、会わせて」

今度の彼とはうまくいくだろうか。

のーちゃんの恋は病気だ。長持ちしない。長くても一年半。一番短くて三ヶ月。昔からそうだ。のーちゃんの恋の病はすぐに治癒してしまう。のーちゃんはすぐに男とつき合ってすぐに男を捨てる。そして寂しいとか空しいとか言いながらも一人でちゃんと、生きていく。

熊みたいに強力な男が現れて、のーちゃんを十年くらい虜にしてくれないものだろうか、と理津子は思う。気がついたら手遅れ、というくらいのーちゃんを振り回してくれないだろうか。のーちゃん、私たちもう二十代じゃないんだよ。五十に手が届くんだよ、ちょっと恥ずかしいよ。

ああ疲れた。

朝から文麿は言う。歯を磨いても、トイレに行っても、朝ごはんのテーブルについても、そう言う。浮気なんかしてるから疲れるのだ。教えてあげましょうかそれは疲れじゃなくて腎虚《じんきょ》って言うのよ。

理津子は文麿に背を向けてコンロに向かいながら言う。

「着替えてくれば？」

ああ、と文麿は言ってまだしばらく動かない。それから、ああ疲れたなあと言いながら北側の自分の部屋にのろのろと入っていく。夫がどこにどういうふうにシャツやパンツをしまっているのか、靴下の在処さえ知らないなあ、と理津子は思う。文麿はクリーニング屋には自分で行く。下着や普段着は理津子が洗うが、乾いて、畳んだものは北側の部屋の入り口を開けたところに置いておくことにしている。理津子はその行為を「囚人の食事」と呼んでいる。部屋の中には入らない。一見整然としているが、そこを引っかき回すことに興味を感じない。

おそらく文麿は寝物語にこう言っているのだろう。

俺のかみさん？　ちょっと変わってるんだよ、専業主婦なんだけど、なんかつかみどころがないっていうかさ。ん？　うちはセックスレス夫婦だよ。もう長いよ。最初だけだったね、すぐやんなくなった。あんまりセックスが好きじゃないみたいよ。まあ一緒に住んでるけど愛とかそういうのはないね。だって寝る部屋だって別々だしさ。お互い干渉しないで暮らしてるんだ、ルームメイトみたいなもんだよ。買い物？　そんなの一緒に行くわけないじゃん。別行動だよ、いつだってそうだよ。

理津子はそれが妄想であるのかどうか考える。しかし理津子は文麿の性格をよく知っているのだ。そして思う。

およそ妻たるものが超然としていなければ、世の中に超然なんて言葉は必要ないのだ。文麿という名の男の尊厳は妻の超然によってのみ、かろうじて保たれている。O・ヘンリー書くところの最後の一葉のように。最後の一葉なんてあんな話、長々書かなくても絵に描いた餅って言えば済むことじゃないか。

文麿は稼ぎの全てを会社から銀行口座に振り込んで貰う代わりに、家庭から無尽蔵の甘えを引き出していく。理津子の無関心というのも文麿が求めるひとつの甘えのかたちに過ぎない。しかしそれに甘えてよその女にまた甘えに行くというのは二重債務ではないか。

誰のおかげで生きていられると思っているのか。

誰のおかげだ。やいやい、誰のおかげだ。

しかし一方で理津子は激しく自分を責めるのだ。性に対して陰湿なイメージと罪悪感しか感じない自分のことを、女としての価値が低いと思いこむのだ。おそらく、意味ではなく感じ方の問題であろう。生物として当たり前の悦びが自分に備わっていないと思う。欠落していると思う。闇の中で決して目を閉じない自分をおぞましいと思う。の一ちゃんみたいにあけっぴろげに性生活のことを話題にして笑うことなどできない。いまどき、こんな考えは古いとわかっているが、セックスを楽しむなんてことはできない。理津子はただ文麿が喜んでくれればそれでいいと思っていたのだ。出せば気持ちいいんでしょう、だったら出せば? 余計なことしないでいいから出せば? と。

そんな自分が妻なのだから、外に女ができても仕方がないのかもしれない。

「そんなことないでしょう。そういうことって相性よ。もっと他の人だったら違う考え方してたかもしれないわよ」

と舞浜先生はいつも言うのだが。

「だってりっちゃんは結婚したときいい歳して殆ど処女みたいなもんだったんでしょ」

そんなことはないけれど。でも、遊び慣れてはいなかった。

「遊んでおけばよかったのかな」

ぽつり、と理津子が言うと舞浜先生は笑う。

「今から遊んだら？　いいかもよ？」

「先生こそどうなんですか？」

「私はもう、おばあさんだもの」

「おじいさんと遊んだらいいかもよ」

「ばかばかしい、やめてちょうだい」

舞浜先生の鈴のような笑い声がいつまでも響く。

余程のバカ女ならともかく、或いはのぼせ上がっているのならともかく、あの女は家に乗り込んでは来ないだろう。そんなことをして誰が得をするというのか。理津子である。どうぞお持ち帰り下さい、代金は一括でお願いしますと言うまでである。文麿の身代金はいくらだろう。人身売買の相場なんていうものは判らないが、二百万円くらい取っておけば十分ではないだろうか。車一台分くらいと考えては文麿に失礼か。五百万もとれるものだろうか。その後、仕送りみたいなものも取れるのだろうか。子供がいないから養育費は無理としても。理津子は離婚のなんたるかをまるで知らない。した人は大変だって言うけれど、うちは多分そこまで行かない、と決め込んでいる。

しかし、五百万のボーナスが突然飛び込んできたとして、どうするのか。高いチーズやジャムを買ったところで、高いクリーニング店に洗濯ものを出したところで限りがあるだろう。テーラーメイドのスーツを何着も作ってもタンスの肥やしになるだけだ。理津子には海外旅行でいいホテルに泊まって買い物三昧をするような趣味はない。年に一度くらい、神社仏閣にしか行かない舞浜先生と京都に行くか、どこにでも行くのーちゃんとどこかに行っておいしい食事でもして羽を伸ばせば十分なのだ。

万が一、離婚をしたとしても、理津子にこのマンションは残るだろうし、文麿がぽっくり逝けば保険金だって入る。理津子は今と変わらない孤独な暮らしを続けていくだけである。今と変わらないのなら理津子は離婚を望まない。文麿が泣いて頼めばまた状況も変わるだろうけれど、そんなことは絶対にないと言い切れる。だから自分は見て見ぬふりをするのが一番だと思う。

理津子には、ストーカーがいる。

週に一度、運が悪いと二度会う。

これが子犬や子猫だったらかわいいだろう。町中でいつも出会って、理津子のことを見て尻尾でも振っていたら。去ろうとするとふにゃふにゃと鳴いて小走りに後を追ってくれば、情が移るということもあるだろう。ウメ子さんや猿だったら困るけれど。

とにかく、ストーカーである。二十代後半か三十前後だろうか、いつも町中をぶらぶらしているらしく、タリーズでもベローチェでもスターバックスでも見つかる。顔色の悪い、安っぽい服を着た男である。湿った汗のにおいがしそうな輩《やから》である。理津子を見つけると、その男は必ず理津子の顔がよく見える場所にわざわざ移動してにやにやするのだ。理津子は腹を立て、コーヒーを残して立ち去るしかない。何もされたわけではない、声をかけられたこともないから店員につまみ出してくれとも言えない。

ときには後をつけられたりもするが、家まではついて来ない。ただ、なんとも言えず気持ちが悪くて、おそろしい。男というもの全般が嫌になりそうなほど、おぞましい。これからエスカレートしたらどんな怖い目に遭うのだろうか、と想像しないではいられない。なんで私がこんな不愉快な目に遭わなければいけないのか、と叫びたい。狭い町のなかで、理津子は早足で逃げまどう。

文麿だってそんなにいい男ではないが、その男の醜さは特別に思える。ただでさえ清潔感がない上に、下卑た笑い方をするからなのだろう。男が死ねばいいと思う。自分の与《あずか》り知らぬところで死んで、消えてなくなってしまえばいいと思う。

文麿に言っても無駄だ。

「冷静に考えてさ、理津子はもう五十近いわけだよ」

「四十八よ」

「どう考えても理津子の思い過ごしとしか思えないよ」

「もっと若くて綺麗な子がいくらでもいるってわけ？」

「まあ、もうちょっとよく考えてみなよ。自意識過剰とまでは言わないけどさ」

「もう、本当に嫌。引っ越したいくらい嫌」

「そういうわけにはいかないだろ……もしかしてさ、向こうがなんか勘違いで知り合いだと思ってるんじゃないの？　気にしない方がいいよ。変だよ気にしてる方が」

そうじゃないんだってば。

しかし文麿は愉快そうに、そんなら今度一緒にスタバでも行くか、と笑っている。その笑いは理津子の神経を逆なでする。そして文麿と一緒にいるときに、ストーカーが現れることは絶対にない。

風邪をひいたわけでもないのに、ここ数日間理津子は気分が悪かった。ストーカーから汚い菌が伝染していたらどうしようと思った。微熱があるような感じが続き、食欲がなかった。とうとう昼から寝込んでしまい、食事を作らなかった。

そういう日に限って文麿は早く帰宅する。

「飯は」

「ごめん、具合悪くて作れなかった」

「だったら携帯に連絡してくれりゃいいのに」

連絡があったら、何か買って帰ろうかなんて殊勝なことを言う夫ではない。飯がないんだったら俺だって他に行き先があるんだよ、ということだ。俺はまだ忙しいから おまえは先に寝てろよ、と理津子には言い、反対の手はちゃっかりと女の肩を抱いているのだ。帰ってきたなら粥のひとつも炊いたらどうだ、と言いたいがそこまでの気力もない。自分は僻《ひが》んでいるのだろうか。

「あした病院に行ってこようかしら」

と理津子が言うと、文麿は笑って言うのだった。

「心配ないよ、更年期なんだって」

「えっ？」

低い声で理津子が問うたのも聞こえないように、文麿は、

「じゃあ、俺は外で食ってくるよ」

と言って、コートを羽織り直した。

文麿よ、
布団に伏せったまま理津子は思う。大丈夫だ。何も更年期と言われて怒ったりはしない。

もしも文麿が会社でそんな受け答えをすれば、セクハラとなじられ、ひょっとしたら訴えられるかもしれないが、家では目をつぶろう。そもそもセクハラなんて言葉、歳を取ってから覚えたので使い方もわからないのだ。

しかし文麿よ、あなたが更年期の何を知っているというのか。私だって知らないも

のをあなたがどうして知るものか。

それ以前にあなたは忘れていることが一つある。あなたも確実に歳をとっているということだ。加齢臭がどこから臭ってくるのか私は知っている。顔を洗って首を洗って、そのときについつい洗い忘れる耳の下の三角形の部分からあなたのオヤジの臭いはしてくるのだが、今のところはまだ指摘していない。なぜなら私は必要以上にあなたに近寄ったり同衾《どうきん》したりしないので迷惑といっても限られているからだ。あなたはクレジットカードのように、小銭入れのように、お守りのようにその加齢臭を携帯している。今浮気している女が一体何歳なのか私には知るすべもないが、その女だってあなたのオヤジ臭さに気がついてときどきウッと息を止めたりしているのだ。

あなたはそんなことにも気がつかず歳をとる。そして遠からずあなたはもう小の用にしか使い物にならない、伸縮不可の粗品を振り回すだけで新しい女を作ることなぞできっこなくなるのだ。まあ、今ひとときの楽しみだ。

あなたは今の自分を「もてている」と勘違いするのかもしれない。とんでもない。あなたは安全な男だから、簡単につきあえると思われているだけだ。それなりに常識もあるし、暴力は絶対にふるわないし、鈍感だから女の子の、年相応の本命のカレのことなんて絶対にバレないし。

真実とはそういうことなのだ。

かわいそうな文麿よ。

俺は禿げてない、俺は禿げないと口癖のように言うあなたの髪の毛根と毛根の間は確実に広がってきている。なんならマジックインキでその空白を塗ってあげたっていいのだ。それが妻の思いやりというものだ。

理津子はぐったりとして、考えることをやめる。

一人で盛り上がりすぎた。

やっと具合が良くなって、理津子は車で外出することにした。川東地区のショッピングモール、ダイナシティからは富士山がよく見える。実に見事だ。ロビンソン百貨店から出てきたところで、背後から声がした。

「奥さん、お茶でも飲まない？」

しゃがれた声だった。

なんでストーカーはこんなところまで来るのか。

理津子は駐車場へ走って逃げた。強くドアを閉めてロックをした。しかしそれは間違いだったのかもしれない。ストーカーは悠然と車の前に立ち塞がった。

理津子はエンジンをかけると、男に向かってクラクションを思い切り鳴らした。目をつぶって鳴らし続けた。

コツコツと車のドアを叩かれて、恐る恐る目を上げると、そこには警備員が立っていてストーカーの姿はどこにもなかった。


「先生、私またストーカーに会っちゃった」

「いつもの人？」

「そう、すごく気持ち悪いの」

「それでどうしたの？」

「奥さん、って言うのよ、奥さんお茶でもどう、って、ああ気持ち悪い」

「ははは、それでどうしたの」

「もちろん無視したわよ」

先生も笑う。文麿と同じように。

「女って、自分が興味ない男にはものすごく厳しいわよね。りっちゃんもさ、それが自分の好みだったら、三日くらいいい気分でいられたのにね」

「そんなこと絶対ないって。ほんとにすっごく嫌。消えてほしい、あの男」

「はははは」

ああ、舞浜先生もあてにならない。

朝十時半、理津子はちんと座る。

今日のお題は身を守る。

身を守る……自分（無理）　身を守る……警察（わからない）　身を守る……夫（だめ）　身を守る……ヤクザ（知らない）　身を守る……マスコミ（相手にしてもらえない）　身を守る……友達
信じてくれない旦那より、友達が一番だ。

アントニオ猪木みたいな男友達がいればいいのにな、と理津子は思う。もちろんそんなすごい人はいない。理津子には年賀状以上の付き合いをしている男友達がいない。今度、のーちゃんに聞いてみようかな。のーちゃんのモトカレだったらミルコやヒョードルみたいな男の一人や二人いるかもしれない。のーちゃんは護身術を知っているかもしれない。だってタクシーで変な客にからまれたりとか、いろんな経験をしているはずだから。

そうだ、のーちゃんが一番現実的だ。

ほんの少し、理津子は落ち着く。

「ロビンソンでダウンコート買っちゃった」

もう文麿にストーカーの話はするまいと思う。

夕飯を食べている文麿の前で理津子はパールホワイトのコートを羽織ってみせる。

「そういうの似合わないよ、オバサンなんだから」

「あのスニーカー、もうだめでしょ。ABCで買っといたわよ」

「俺にも趣味ってもんがあるだろ」

相手にしてはいけないと思う。怒ってはいけないと思う。

だが、食事に毒を入れたくなる。理津子は毒の代わりににんじんを細かく刻み、或いはおろして料理に入れる。カレーにも入れる。ハンバーグにも入れる。もちろんサラダにも、ミートソースにも入れる。出来ることなら文麿を羽交い締めにして片手で鼻をつまみ、口を開かせて甘く煮たグラッセをぽいぽいと放り込んでみたい。そのあとに熱くてどろどろのかぼちゃのポタージュを流し込んだらさぞかし暴れるだろう。

そら、暴れてごらん。

文麿が出かけているとき、理津子は北側の部屋のドアに指先で「ぴんぴんころり」と書く。

舞浜先生と一緒にどこかの神社に行っても、絵馬に「ぴんぴんころり」と書く。

自分がぴんぴんころりだっていいわけだが、できれば文麿が先に逝った方がいい。長患いすることなく、ころりと逝って欲しい。

「あーあ、死んじゃったよ」

心の中でぼやいてみたい。弔問に来る人々を見て、少し嬉しい自分の心を抑えてみたい。

病院に毎日通ったり、あるいは通われたりするのは大変である。文麿のお祖母様のようにアルツハイマーになられたら、理津子はつきっきりで面倒をみることになる。きれい事ではない。共倒れになる可能性だって高い。そうはいっても他人ではないのだ。だからぴんぴんころりが一番いい。

文麿だっていつかは定年退職する。いや、この時代だから早期退職を選ぶかもしれない。そのあと、一体この男はどうするつもりだろう。考えているのだろうか。家庭菜園をやるとか釣りを始めるとか登山をするとか。いや、考えていない。まだこの男は人生前半のつもりなのだ。

理津子にだって老後というものは、頭の中に漠然とあるだけだ。そのために何の策も考えていない。

老いた二人がお互い家でごろごろしている、というのは理津子にとって最も身近でささやかな地獄の風景である。

陰毛が宙を舞うところを見たことはないが、それがいつの間にか廊下の隅や食卓の下などに移動しているのは日常的に目にするものである。ところで、文麿の陰毛は著しく縮れており、理津子も文麿ほどではないが、やや縮れている。この二人しか住んでいない家のトイレから、ひらがなの「つ」もしくは「し」の形をした新たな形状の陰毛が発見されたのは理津子が中学校の同窓会の一泊旅行から帰ってきた日曜日の午後のことで、ついぞないその造形に彼女の目は釘付けとなった。

連れ込んだのか？

敵が本陣に攻め込んだのか？

理津子は腹を立てない。むしろ生き生きとしてくる。

とりあえずとるべき行動はなんだろう。柔らかいパンでツナサンドを作って真ん中にその陰毛を挟んで文麿に食わせることなのか。それとも文麿の名刺入れの一番上の名刺に切れ込みを入れて挟み込むことなのか。

理津子はもう少し穏便な解決法を考える。台所からメモ用紙を持ってきて触らないようにセロテープで「つ」の形の陰毛をくっつけて、「落とし物です」と書いてトイレの壁に貼った。それから手を洗って玄関に塩を撒いた。

買い物から帰ってくるとメモ用紙は消えていた。文麿はリビングにいたが、携帯電話を握りしめて一言も言わず北側の部屋に引っ込んだ。

理津子はつけっ放しのテレビを消して、台所からメモ用紙を持ってきて同じ場所に貼る。

「出かけてきます。今夜は帰りません」

それから手早く支度をした。

文麿が騒ぎ出す。トイレから手も洗わずに出てきて、理津子の部屋の襖《ふすま》のところまで歩いてくる足音がやかましい。襖にびりびりと文麿の声が響く。おい、おい、どうしたんだ、いいか開けるぞ、開けていいか、なんでだめなんだ、どうしたんだ、何を言ってるんだ、おい、おい、いつ帰るってんだ、どうしたか言ってみろよ、なあ。

「別に」

別にってなんだ、じゃあなんか俺に不満でもあるのか、なんかあるんだろう、おまえなんか勘違いしてるんじゃないか、変に俺のこと疑ってるんじゃないか、よしてくれよ全く、冗談じゃない、ちょっと、ねえちょっと、ちょっと出てこいよ、なんかおまえ間違ってるぞ、おい、なんか言えよ、おい。

「あのう」

おう、なんだなんだ。

そこで理津子はからりと襖を開ける。

「そこ、どいてください」

体をひねって文麿をかわせば玄関までは一直線。

理津子の実家は大田区馬込の豆腐屋である。父は七十六歳、母が七十二歳。跡継ぎはいないが、毎日鍋やタッパーを持って買い物に来るお得意さんがいる限り父は商売をやめたくない、と言う。自分が男だったら跡を継いだだろうか。父の豆腐は他のどの店の豆腐よりも旨いが、仕事はきつい。六時に店を閉めたらさっさと食事をして八時には寝てしまう。阪神が勝っていようが負けていようが、仕方ない。朝は二時に起きる。両親二人で働き、冬は寒く夏は暑い。どっちかが風邪をひいたって休むわけにはいかない。スーパーが近所にできて、そこで豆腐を買う人が増えてからは完売することなど殆どない。売れ残る方が多い。生活は苦しい。

だが、今日は日曜日だからのんびりしているだろう。

理津子は駅前の国道からすぐ裏に入って行く。早速小野田さんの奥さんと袴田さんのおばあちゃんに見つかって挨拶をする。初恋の相手の戸川君には絶対に会わない。彼は地元にいるはずなのだが同窓会にも出てこないし、どの道を歩いても会わない。それもまた巡り合わせか。美少年だった戸川君も、今は見る影もないおっさんになっているのだろう。

細い路地へまわって勝手口をノックすると、母親が怪訝な表情で現れる。

「どしたの」

「たまには顔出そう、と思って」

「文麿さんは」

母は軽く理津子を睨む。理津子はかまわず靴を脱いで台所に上がり、

「出張だって」

と、答える。

「じゃあどうすんの、泊まっていく？」

「うん。お父さんは？」

「床屋さん」

「響は最近来た？」

「ぜんぜん。こないだ電話で不妊治療が大変だってこぼしてたけど」

「ああ、まだやってるんだ」

「他人事みたいに言わないで。お父さんだって私だって孫は見たいんだから」

「だって響が孫みたいなもんじゃない」

「孫はまた違うの」

「うちは無理だからね」

「え」

「四十八じゃ産めないよ、お母さん」

母は黙っている。年齢ではなく、夫婦仲を疑っているかのように黙っている。気まずい。重い沈黙。

ああつまらない、せっかく帰ってきたのに、と理津子は思う。冷蔵庫を開けて黒ラベルを取り出す。

「りっちゃん、そんな昼間っから」

「ウチでは飲まないから。ねえお母さんなんかつまみない？」

眉をひそめながらも、いそいそと母親は漬け物と昨日の残りらしい切り干し大根を出してくる。夜の早いこの家では昼間から飲まないと追いつかない。

「厚揚げもあるけど」

「揚げたてじゃないからいい」

豆腐屋の娘は、豆腐屋なりの我が儘を言う。

そういえば袴田さんのおばあちゃんに会ったよ。元気よねえあのおばあさん。でもあそこはお嫁さんが気が強くて大変って言ってたわ。ああそう。嶋田さんとこは旦那さんが亡くなったのよ。言ったかしら。ううん聞いてない。気の毒にねえ。

そんな四方山話が続く。

そのうちに父親が床屋の匂いをさせて帰ってきて、理津子の顔を見て、

「おう」と言う。

「お父さん、体はどうなの」

二年前、過労で倒れてから父はバイクで居酒屋やおでん屋に仕出しする夜の営業をやめた。その後は小売り一本に絞って仕事を続けている。

「今んとこはいいよ」

「そう」

「焼酎、飲むか」

「うん」

「お湯でいいか？」

「うん」

そこへ母親がエプロンで手を拭きながら戻ってきてじゃあ夕飯は何にする、と、言う。お買い物行かなくちゃ。

「鍋がいいな」

「鍋でいいの？」

「ウチ、あんまり鍋とかしないから」

鱈ちりをつつきながら、理津子は自分を騙している。父親とタイガースの話をしながら、理津子は自分が幸せな家庭に育って、今も幸せな結婚生活をしているのだと思いこむ。

「お父さんは真弓監督ってどうだと思う？」

「まあ、いけるんじゃないか？」

「私は岡田監督が好きだったなあ」

スポーツというのは世界平和ではなく、家庭平和のためにある。

「来年は一回くらい横浜戦でも見に行くか」

巨人戦には行ったことがない。負けたときの悔しさがヤクルトや横浜とは比べものにならないほど強いからである。ここ何年も行っていないが、見に行くときは横浜戦と決めている。

「文麿さんは、あの人は野球はダメなんだよな」

「あの人はだめ。お母さんと一緒」

「お母さんは、フィギュアの、ほら、あの」

「真央ちゃん」

「そうそう真央ちゃんが好きよ」

「うちの人も一緒」

親の前で演技をしない子供がどこにいるだろうか。文麿だって親の前ではいい息子を演じている。

もちろん、親だってそんなことはわかっている。

理津子は二階に上がって、自分が昔住んでいた部屋に入る。学習机とベッド、それからタンスが置かれている。机の一番上の引き出しを開けてみる。つまらないものばかりがいつまでも入っている。大学受験のときのお守り、中学のとき男の子からもらったキーホルダー、ビニールのケースに入ったソーイングセット、安っぽいネックレス、数本のクレヨン、響から海外旅行のお土産にもらって気に入らなかった口紅……つまらないとは思うけれど、捨てようとはしない。下の引き出しには高校の現代文の教科書と、沢田研二のシングル盤が何枚かと、アルバムに整理していない写真の束と、子供の頃の友達の住所録が入っている。

理津子は、引き出しを閉じる。小さなあくび。

タンスの引き出しを開ける。自分が使っているのとは違う洗剤のにおいがする。首のところが伸びてしまったトレーナー、古いパジャマ、新しいストッキングが二足。これが理津子が家に残した衣類の全てだ。上の引き出しにはお中元やお歳暮でいただいたタオルがぎっしりと入っている。どんどん下ろして使えばいいのに、自分の親はすりきれそうなタオルをいつまでも使っている。貧乏性も親に似たんだな、と理津子は思う。

携帯が鳴っている。文麿の着信音ではない。

「りっちゃん？」

「舞浜先生？　今私実家なんですよ」

「ああそうなの、それならいいんだけど、文麿さん、心配してウチまで来ちゃったのよ」

「追い返してください」

「ははは、そんなわけにもいかないじゃない。どうする、替わる?」

「いいです。明日帰るって伝えて下さい」

「わかった。じゃあお茶でも飲んでゆっくりしてってもらうね。じゃあね。また帰ってきたら連絡して」

「すみません。明日また連絡します」

理津子は父親が出たすぐ後の風呂に入る。昔ながらのタイルの風呂だ。誰かの湯気が残っているうちに入らないと寒くてかなわない。冷たい足ふきを飛び越えて風呂場に入り、何杯もお湯を浴びて、浴槽に入る。じんじんと暖まってくる。石鹸で念入りに体を洗い、安物のシャンプーで頭を洗って、もう一度ゆっくり浴槽に浸かって出てくる。

滅多に帰らないのに理津子の歯ブラシも、タオルも置いてあるのが嬉しい。理津子のタオルは新しい。化粧水と乳液と下着だけは持ってきた。

「なにもしなくていいのって、いいねえ」

茶の間でドライヤーをかけながら母親に言う。母が何か言う。ドライヤーを切って、

「え、なに？」

と言う。

「文麿さん、心配してるんでしょ」

「え」

母はお見通しだ。もしかしたら若いころ、母も喧嘩して飛び出して、実家に帰っていたのかもしれない。父には浮気をする暇はなかったと思うけれど、夫婦のことは子供にはわからないものだ。母のことを怒鳴り飛ばしたことは何度だってあっただろう。母だって父を心配させたいと思ったことがあったに違いない。今はずいぶん優しくなったけれど、昔の父はとにかく頑固だったし、母にも子供たちにも厳しかったのだ。

「お正月は文麿さんと一緒に来なさいね」

有無を言わせない。

「はい」

まだ八時過ぎである。けれどこの家は深いモスグリーンと群青を混ぜた色に静まりかえろうとしている。この家にはこの家の時間がある。

明日、できたてのがんもを舞浜先生にお土産に持って帰ろう。舞浜先生とまたとり

とめのない話をしよう、と思う。

重たい綿の布団のなかで、理津子はなかなか寝つけない。

この家は古い。豆腐屋なんだから古い方が外からはいい店に見えるかもしれないが、中も本当に古い。冬は東京と思えないほど寒い。けれど安心する。理津子は思う。自分は小田原のマンションで本当に安心して暮らしているだろうか。

そして、文麿はどうなのだろう。

すぐによその女の家に行ってしまうのは、そっちの方が楽だからではないだろうか。いつもよその女の家で、文麿は安心して寝ているのだろうか。

そんなこと、断じて認めるわけにはいかないが。


「どうしたの昨日は」

舞浜先生はケーキを焼いている途中だった。オーブンがまわる音と生地の焼けるいい匂いがした。

「ちょっと現実逃避」

「文ちゃん、あわてて たわよ。なんかあったの？」

「いつも何かありますよ。ないことの方が少ないわよ」

「男ってねえ。ほんと、自分が何やってるかわかってないからねえ」

先生はオーブンを開け、パラフィン紙に包まれた丸いスポンジを型から出して台の上に載せた。

理津子がそれに見とれていると、舞浜先生がいつもの、自分の言うことがおかしくてたまらないという口調で言った。

「私ね、若いころ結婚してたことがあるの」

「えー、先生、ほんと？」

「本当。いままで黙ってたけど」

「どんなひと？」

「店で働いてた人。お互い若くてのぼせ上がって結婚しちゃったけれど、一緒になったらケンカばっかり」

「キレちゃうひと？」

「うん、お互いね」

キレる人はたまらないなあ、と理津子はため息をつく。

「でも悪いことだけじゃないのよ。彼は私よりずっと経営の才覚があったし、彼のお父さんにもとってもお世話になったの」

「へえー」

「この土地だって彼のお父さんからいただいたのよ」

「なるほどねー、いい場所だもんねえ」

「でしょ」

やっぱり公爵だったのだ。こんなところに土地を持っているなんて。きっとその上の代は元老たちとも親しかったのだ。鹿鳴館で舞踏会とかをやっていたのだ。

「でもなんでログハウスにしたの?」

「それはあちらのお父さんが、軽井沢にあるような家って言って聞かなかったから、はいそうですかって」

「え、じゃあ彼は今どうしてるの?」

「知りたい?」

「うん」

離婚? 離婚? 離婚?

理津子は胸をときめかせる。

しかし舞浜先生はこう言った。

「冷たーくて、暗ーい土のなか」

「亡くなったんだ」

「あっさりね」

「若かったでしょうに……心臓かなにか？」

「それがさ」

ふふふ、と舞浜先生はひとしきり笑ってから言った。

「腹上死」

驚いている理津子に、愛人の家で、と舞浜先生はつけ加えた。

ああ。まさにぴんぴんころり。

先生は冷蔵庫を開けて生クリームを探している。

イスラム教の国で、不倫をした女が投石によって公開処刑された、と新聞で読んだ。相手の男はどうなったのだろうか。やはり同じように罰せられたのであろうか、それとも男は無罪放免だろうか。理津子も四つか五つくらいなら文麿に石を投げてみたい、と思うことがある。

こつん、こつん、こつん、ゴツン。

額に石が当たってひっくり返ったら、文麿も少しはまともな男になるだろうか。

「のーちゃん、聞きたいことがあるんだけど」

「なに」

「笑わないでね、本当に困ってるから」

「だからなに」

「ストーカーがいるの。後つけられたり、声かけられたりして、本当に気持ち悪いの」

ひとしきり、胸の中の薄汚いものを理津子は吐き出す。存在しないで欲しい。いなくなって欲しい。死んで欲しい、と。

「知ってるひと?」

「知らないひと」

「警察行きなよ」

「相手にしてくれないでしょ」

「まあ、その程度だと問題にならないよね」

「のーちゃん、どうしたらいいかなあ。これじゃ外出るの怖くなっちゃう」

「うーん」

のーちゃんは唸った。そして言った。

「私が手紙を書くよ。それ、ストーカーに渡して」

「えー、私が？　渡すの？　あの気持ち悪い男に？」

「そうだよ。当事者じゃん」

「それ、却ってエスカレートしない？」

「多分、大丈夫。ていうか、何もしないで逃げてるよりいいと思う」

「ほんとかなあ」

不安な面持ちで過ごした数日後、のーちゃんから封書が届いた。中に入っているのは表書きのない封筒で、きっちりと糊で閉じられていた。蛍光色の付箋にはのーちゃんの字で、

「くれぐれも中身を見ないこと。ストーカーには堂々と渡すこと」

と、書いてあった。

理津子は納得がいかない。手紙なんて渡したらストーカーはますますいい気になってつけ回したり、話しかけてきたりするのではないだろうか。のーちゃんは何を書いたのだろう。

けれど、理津子はのーちゃんの手紙を持って、スターバックスに行く。怖さとむかつきで震えるのを感じた。

その日、ストーカーは現れなかった。

翌日も現れなかった。

三日目、まるで自分がストーカーだと思いながら理津子はコーヒーを飲んだ。怖さは少し麻痺してきたようだった。

男が現れた。

理津子は自分から席を立って、ストーカーの正面に立った。まるで中学生がラブレターを渡すかのように下を向いて、

「これ、受け取って下さい」

と、言った。そして逃げ出した。

男は追って来なかった。

一体何をしているのか自分でもわからない。こんなことでストーキングが納まるものか。

のーちゃんにしかわからない。

次の週には舞浜先生が入院した。

「腸捻転」

震える声で電話をかけてきた舞浜先生は言った。

理津子は小田原中央病院に飛んでいく。途中でロビンソン百貨店に寄って下着とパジャマとタオルを買う。あとのものは売店で揃うだろう。店員が包んでくれる間ももどかしい。

病院の駐車場でそうだ、と気がついて響に電話する。留守番電話になっていたので、用件だけ録音した。

舞浜先生は思ったほど、辛そうではなかった。

「癖になってるのよ、私の腸捻転。何年かに一度、出る」

「お医者さんはなんて？」

「簡単な手術して、安静にすれば大丈夫って」

「よかった」

「りっちゃんありがとう。本当の妹みたいにしてくれて」

「嬉しい。でも、もう眠って」

十一月の半ばになって理津子はやっと気がついた。

どうやら、今回の文麿の浮気は終わったらしかった。痴話喧嘩か、相手の都合か、金の切れ目か、そんなことは理津子にはわからないが、土曜日に照れ隠しのような外出をしてもすぐに帰ってくるし、平日部下と飲むと言っても今までと違って本当に酒の匂いをさせて帰ってくる。

そうか終わったのか、と理津子は思う。一年か一年半だか、ずいぶん長かったけれど、やっと振られたか。女よ、やっと文麿の不甲斐なさを理解したのか。だから言わんこっちゃない。

別に文麿は理津子のことを考えているわけではない。だから甘い顔もしない、懲らしめもしない。理津子は超然とにんじんを刻み、紫キャベツを刻む。にんじんだけ分けて残しにくいように細く細く切ってコールスローサラダを作る。

嫌がらせではない。嫌なら食べなければいいのだ。

朝の十時半、理津子は和室の真ん中にちんと座る。

今日のお題は小娘が言いそうなこと。

小娘が言いそうなこと……あたしより奥さんが大事なんでしょ　小娘が言いそう

なこと……どうして離婚するって言ってくれないの　小娘が言いそうなこと……あたしがこんなに愛してるのに　小娘が言いそうなこと……結局体だけなのね　小娘が言いそうなこと……あたし、本当はカレシいるんだから。おじさんがかわいそうだからつき合ってあげてたけど。

ああ、胸くそ悪い。愛しているなんて言うから愛がなくなるのだ。話せば話すほど、愛は減るのだ。黙っていれば長持ちするものを。

浮気に超然はないのだ。

それは妻の特権かもしれない。

退院した舞浜先生を車でログハウスまで送って、先生を寝かしつけてから、土鍋にだしを取って梅粥を作った。

「温めて食べて下さい。また明日の朝来ます、先生は何もしないでね」と手紙を書いてテーブルに置き、鍵をかけてその鍵をポストにカッタンと入れて帰ってきた。

入院したのがもし、文麿でも同じことをするのだろうか。してしまいそうで嫌だ。あの部屋のどこにスウェットがあってどこに下着があるのかと手を焼きながら。

十二月になった。

「忘年会とかあるなら、カレンダーに書いといてね」

「今年はあんまりないんだ。不景気だから」

「でもいくつかはあるんでしょ」

「二つかな……課の忘年会と、麻雀仲間のと」

以前はこんなに具体的に予定を開示するということはなかった。やはりふられたのだ。もちろんいつかは別れることになっていたのだが。小娘に飽きられたのだ。

理津子は安堵し、慌ててそれを打ち消す。

そんなことでほっとする私ではない、と。

世間並み、というほどではないが理津子も気分が慌ただしい。今年中にやっておかねばならないことがあれこれある。銀行だとか、お歳暮だとか、年賀状の宛名書きも理津子の仕事だし、暮れになれば大掃除もある。誰が来るわけでもないが客用布団も新しくしたいし、インフルエンザの注射も打っておきたい。エアコンの調子が悪いのは今年中に見ておいてもらった方がいいのだろうか。クリスマスは舞浜先生がディナーに招いてくれる。どうせ文麿は一緒には来ないだろう。そうそう、自分のクルマの車検があるのだった。文麿の実家のお年始には何を持って行こう。栗きんとんを作って、蒲鉾のいいのを買って、あとは駅ビルの成城石井で上等のハムか何かを買えばいいか。実家に持って行くのも同じでいい。お年玉のぽち袋はまだあったかしら。カレンダーは最近どこもくれないから買わなきゃいけないかも。

だから、こんなときに文麿にぶらぶらされていても、ありがたくもなんともないのだ。邪魔なのだ。文麿は自分の部屋を掃除するだけで新年が来ると思っている。相変わらずトイレの電気はいつもつけっぱなしで、洗濯物は午後にならないと出さない。今年最後の資源ゴミをまとめておいてと言っても忘れる。ああ邪魔だ。どうして窓ひとつ拭かないのか。

「本郷はお一日《ついたち》でいいのよね」

「ああ」

理津子は文麿の実家が苦手である。冷遇されるわけではないが、敷居が高い。文麿の二人の姉さんはいずれも才媛で、ピアノを弾いたり、歌舞伎を語ったりする。子供達でさえ小綺麗な格好をしてこまっしゃくれている。文麿は末っ子でかわいがられた、できの悪い弟というわけだ。理津子はあの家では超然としているわけにはいかない。おとなしく台所で洗い物をして、皿を運ぶくらいしかできない。皿だって理津子の実家とは違って高そうなものばかりである。お節料理も、ローストビーフやオマールが出てくる。但し、姑《しゅうとめ》が作るお雑煮はまずい。一体どうしたらこんなまずい雑煮が作れるのか聞いてみたいほどまずい。薄いかつおだしに、蒲鉾と白菜を放り込んである。お雑煮に白菜なんて聞いたこともない。

文麿の家はお祖母様が亡くなって平和になったらしい。お祖母様は口うるさい上に根性も曲がっていて、最後はアルツハイマーで長いこと姑は苦労したと言う。

姑は理津子に親切である。親切なのはありがたいことだが、やはり居づらいものは居づらいのだ。門を入ったらそこから出るまでずっと我慢しているのだ。嫁なのだから文麿みたいに酔っぱらっているわけにもいかないではないか。

理津子は舅《しゅうと》が苦手である。真面目な人で、とっつきにくい。孫と遊ぶときだけは別人のようになるが、理津子と舅の間に会話はなかなか成立しない。

お祖母様がいたらおまえなんか大変なことになってた。

と、文麿は言う。

お祖母様がいなくても、理津子はあの家ではへのへのもへじになったような気がするのだ。親や親戚に様をつける文化なんて理津子にはない。それを見透かして豆腐屋の娘なんか、と、思われているような気がしてならない。

「馬込は二日でいいのね」

「ああ」

文麿だって理津子の実家ではへのへのもへじである。両親が話しかけようとするとき、文麿は無口になる。けれど、和弘君とは年代も同じで気が合うらしい。よく二人で品川だの大森だのとこそこそ相談して、楽しそうに出かけていく。酔っぱらいは一人でも少ない方が理津子も楽だ。父親は朝酒に参って寝てしまい、母親は新聞のチラシを見ながらテレビの前から動かない。台所で片付けものをしながら響とゆっくり話ができるのも正月くらいだ。

響は去年も不妊治療の話をしていた。私絶対に子供が欲しいの。できたら二人くらい。だって私は末っ子で自分の子供時代がすごく長かったから。お姉ちゃんなんて私が生まれたときから大人だったよねえ。それに子供産むってすごく感動的だって言うし。

一生懸命いい主婦になろうとしている響のことを、理津子は笑わない。ときどき、エコだの地球環境だの、わかりもしないくせに受け売りの知識で語ったりするけれど、理津子はバカにしない。

それにしても、なんと正月というものの慌ただしく、面倒なものか。あっちへ移動し、こっちへ移動し、気を遣って、食べ過ぎたり酔っぱらったりして、帰ってきたら起きあがる気力もなくなってしまう。本郷の時間と、馬込の時間とが違うから疲れるのだと思う。小田原のマンションの時間はいびつである。

一度でいいから楽をして、海外で正月を迎えてみたい。スキー板やサーフボードを持って成田空港でテレビのインタビューを受けている家族が羨ましい。

でも、そんなことを言ったら理津子の父親はじめっとした視線を向けることだろう。親がいるうちはそんなわけにもいかない。

リビングのフローリングを磨いていると、のーちゃんが電話してきた。

「今年はだめだー」

「十二月なのに、だめ？」

「近距離ばっかりだし、夜も町に人が出てないし」

「不景気だもんねえ」

「りっちゃん、ストーカー、どう？」

「あ、そう言えば全然」

「でしょ。やっぱり手紙が効いたんだよ」

「何書いたの？　教えてよ」

「細かいこと言うとりっちゃん怒ると思うから言わないけど、人間扱いしてやっただけだよ」

「人間扱い？」

「りっちゃんにも非はあるんだよ。有名人でもないのにつけこまれるってことはさ」

「でも手紙なんか渡したら普通いい気にならない？」

「ううん。多分大丈夫だよ。この後も」

「へえ。なんだかわかんないけど、のーちゃん、ありがと」

のーちゃんの処世術なのだろうか。

理津子にはわからない。どうして人間扱いしたらストーカーが去っていくのか。確かに、自分は人間扱いなんてしなかった。自分の後をつけ回すような、犯罪者予備軍のような男をどうして人間扱いできようか。でも、その考えが、ストーカーを増長させたのだろうか。のーちゃんが言っていた自分に非があるというのはどういうことか。

今度会ったときにもっと詳しく教えてもらおうと思う。第二、第三のストーカー、そんなものは現れないと思うけれど念のために。のーちゃんは理津子より、はるかに多くのことを知っているはずだから。

「のーちゃん、カレシはどうしたの?」

「別れた。また別れた。クリスマスもさびしく仕事してたよ」

「またずいぶん短かったね」

「まあね。りっちゃんはよく旦那と別れないね」

「うーん、別れても仕方ないからなあ」

理津子はのーちゃんに文麿の浮気が終わったことは言わない。いちいち報告するのもばからしいような、小さなことに思えてくる。

「やっぱり独身はさびしいよ」

「冬だからね」

「うん、冬が一番さびしい」

のーちゃんは冬なら冬が、春なら春がさびしいのだ。

「そろそろ長続きするひと、見つけなよ」

「いつもそのつもりなんだけど、ねえ」

二人でちょっと笑ってから、年が明けて休みが取れたらまた会おうね、と言い合う。のーちゃんは年末年始休めないし、不精者だから年賀状なんて出さない。

「おじさんおばさんによろしくね」

「そっちもよろしくね」

暮れの買い物や掃除も一段落して、理津子はウメ子さんに会いに行く。
――ウメ子さん、冬だねえ
ウメ子さんは表には出ていない。小屋の窓から理津子を見ている。
――お互い来年もがんばろうねえ。おいしいもの食べてさ、楽しいこと考えようねえ
ウメ子さんは小屋の窓から鼻を横向きのはてなマークにして、さしのべる。動物の中ではてな、ができるのはリスの尻尾と象の鼻、あとは蛇。
――ウメ子さん、いい鼻だねえ
便利で、立派で、器用な鼻だ。象の世界ではやはり、鼻を褒めるというのが一番喜ばれるのではないかと理津子は思う。
遠くて届かないが、理津子も手をのばす。何かの誓いのように。何の誓いだかはさっぱりわからないが。

今日のお題は未来。

未来……昔は明るかった　未来……宇宙とかロボット　未来……老いる私
未来……ずっとこのまま？　未来……地獄　未来……不幸　未来……変化

「ああ、変化かあ」

参ったな、と理津子は思う。

何を変えたらいいのだろう。一輪挿しでも飾ったら何かが変わるのか。和服でも着れば変わるのか。変わるわけがない。この家を変えなければ。この家の主婦としてもっと何か、カーテンを替えるとかじゃなくて何か、あるんじゃないか。行く末は地獄だとしても、少し目線をずらすとか。

変化というのは気持ちが悪いものだ。そして怖ろしいものだ。だからみんな昔はよかったとか言うのだ。昔だって愚痴ばっかり言ってたくせに。じゃあ江戸時代がよかったのか、鎌倉時代がよかったのか、石器時代がよかったのか、そんなことはないだろう。

そうだ。

一月の三連休にどこか旅行に行こうとか言ったら、文麿はキツネにつまれたような顔をするだろうな。

脅かしてやろうかと思った。そう思った自分にも驚いた。

怯えるかもしれない。案外それも面白いかもしれない。旅行に行って文麿とすごいとかきれいとか楽しいとか言うことができるだろうか。この私に。この上から目線の私に。そんなことで私は変化するのだろうか。

だめだったら、全て捨ててしまおうか。まだ、私は一度も文麿を捨てたことがないのだ。

違う。違う違う違う。

改めて理津子は座り直す。

今日二つ目のお題は文麿。

文麿……カネヅル　文麿……風邪ひかない　文麿……浮気性　文麿……ぼんぼん　文麿……退屈　文麿……一番近い他人　文麿……じゃあ文麿が私に求めていることって、何？

文麿の求めていることがわからない。

それは私の変化と関係あるのだろうか。文麿は変化したのか。ただ単に浮気をしたとか別れたとか、そんなところしか自分は見ていなかった。文麿自身はどうなのか。私の見方だけが変化してしまったのか。

そもそも、文麿のことを真面目に考えたことがあるのか。文麿の行動は理解できる。けれども文麿が何を考えているのか、考えたことはあるのか、問うたことがあるのか。同じ時間を生きようとしたことがあるのか。

そういったことを全てひっくるめたときに名付けるべき言葉は、超然ではなく、怠慢というのではないだろうか。

たとえ同居人のような夫婦であったとしても。

「ああ」

理津子は膝を崩す。呻《うめ》きたいような気分だ。

超然は、敗れ去った。

ずいぶん前のことになるけれど、理津子がテレビを見ながら、

「ダイビングっていいなあ」

と、言ったことがあった。

「やってみたいと思わない？」

「俺もやってみたいと思ってたんだよ」

文麿は振り向いてそう言ったのだ。

「じゃあ、ライセンスだけでも取りに行こうよ」

「もうちょっと暇になったらな」

あれはいつのことだったか。そんな話をしたことを文麿は覚えているだろうか。それともう興味なんかなくしているだろうか。

今度聞いてみようと思った。折りのいいときに。

文麿とだったら、二人で温泉なんか行って退屈するより、言葉のわからない海外で身を寄せ合って不安な思いをするより、一緒に海に潜った方がいい。

そう思うと、理津子の胸に沖縄のあたたかく美しい海が広がった。ぐんぐん潜っていけば美しい銀色の魚が、派手な縞の魚が、ダイビング姿のユーモラスな人間のまわりについついと集まったり、ひらりひらりとからかったりするだろう。

海の中では人間の顔の表情も見えないし、声も聞こえない。

ゆらゆらと向こうでボンベを背負った文麿になら、自分も手を振ることができるのではないだろうか。

がた、と音がして理津子が目を覚ますと、文麿が和室の襖を開けて立っていた。

「どしたの？」

「眠れない。酒飲んでるのに眠れない」

文麿の「眠れない」というのはいつものことで、それはどうやら夜中にトイレに起きるたび、それまでぐっすり眠っていたことをすっかり忘れてしまうようなのだった。

それにしても、この開かずの襖をずばりと開けるとはどういう魂胆だ。

理津子は体を起こして布団を半分開けた。無意識にそうしてしまった自分に驚いたし、文麿もびっくりしている様子だった。

だがやがて文麿はトコトコと囲いに入る山羊の子のようにおとなしく理津子の布団に入ってきた。酒臭い空気が漂った。

理津子は、文麿を眠らせる方法を知っている。たやすいものだ。文麿と同じリズムで呼吸をしてやるだけである。たったそれだけで文麿は胎児のように安心して眠るのである。文麿は眠ってしまえば静かなものである。いつの間にか後を追えばいいだけである。

文麿の寝顔は文麿が赤ん坊だったときの顔である。見つめているとその顔はだんだん猿になる。そうだった。その猿顔に母性本能をくすぐられた時期もあったのだった。
もう寝ただろうか。手の甲が触れているのが気にいらないわけではない。なんだかトイレに行きたいような気もするんだが、今身動きしたら起きて文句の一つも言うだろう。
す、すー
す、すー
文麿の呼吸は規則的だ。仕方なく理津子もそれに合わせる。
す、すー
す、すー
寝ていると思った文麿が突然喋る。
「いつの世も男が得するようにできてるんだよ」
それは寝言か。戯言か。寝言か。
どうやら寝言のようだった。
いや、それが真実だ。我が亭主にとっての真実、梅干しの種の中の天神様だ。

笑いがこみあげてきた。

これまで四十八年生きてきて誰も理津子にそんなことは言わなかった。誰も、だから女はダメなんだよ、と言わなかった。

むしろ、女は得だと思ってきた。ずっとそう思っていた。がんばれば褒めてもらえた。自分の知る限り、男の方がずっと辛そうで、ずっと無理をしていた。

ポンコツのシビックに乗って、マンションのローンを抱えて、びくびくしながら浮気する小遣い五万円の夫。その男の真実が、俺は得をしているということだったのだ。

いや、俺だけではない、いつの世にも男は得をしている。

なんておめでたいのだろう。なんてばかばかしいのだろう。

文麿は幸せなのだ。幸せな男なのだ。

「なーにー、笑ってるの」

半分だけ目をあけて、文麿が言う。猿から人間に戻りかけの顔をしている。それを進化と呼ぶのだろうか。

「ごめん、おかしくて」

「変な女だなあ」

しかし文麿は眠りたいようだった。理津子は部屋を出てトイレに入って笑った。それからぬるくなった風呂に入って追い焚きをしながら、湯船で思い切り笑った。笑いながら気がついた。

文麿がしあわせで嬉しかった。

ひとしきり笑って部屋に戻ると文麿は眠っていた。理津子が自分のスペースに潜り込んで、少し押しても、すうとも言わなかった。いつもと同じ時間に理津子が目覚めてもまだ文麿は眠っていた。安心した猿の顔をしていた。

理津子は明け方の窓の前に立った。一瞬、寝床を振り返ったが、また軒下に区切られた空の色を見て、

「ああ、おそろしい」

と呟いた。

下戸の超然

僕が育った世界はいつも北を向いていた。そこには響灘《ひびきなだ》がある。僕らをめぐる四季はすべてこの海から来ているように思う。白くけぶる春、輝く夏、嵐の秋、そして暗い雲に閉ざされる冬。東は八幡《やはた》から戸畑、小倉へと街が連なり、門司《もじ》城址のある和布《め》刈《かり》公園から関門海峡と壇ノ浦、下関を望んで終わる。西は遠賀川《おんががわ》までで行動範囲は終わりだが、意識の中にはいつも彼方の大都会、博多がある。背後にあたる南には直方《のおがた》平野があって、田川を越えて大分県に至るあたりの山々は僕には未知というより伝説の世界のようなものだ。八幡西区を中心とした世界はわかりやすいけれど嚙みしめれば複雑で、こっくりと煮た味の濃い料理のようだった。

それに比べてつくばというところは、ずいぶんあっさりしていて捉《とら》えにくい。何しろ関東平野が大きい。北関東という呼び方自体漠然としているし位置関係がさっぱりわからない。茨城県に海があるというのもピンと来ないし、栃木との県境も大きな山や川に隔てられているわけでもなく、あいまいだ。筑波山は立派だけれど山脈を従えているわけではなく、皿の上のプリンのように孤立している。学園都市のシンボルはエキスポセンターにそそり立つ高さ五十メートルのH－Ⅱロケットだ。しかしオレンジと白に塗り分けられたレプリカを見ていても宇宙に近づく気持ちにはならない。僕はこの街で、どちらを向いて立っていればいいのかさっぱりわからない。八五年の科学万博の記憶は僕にはない。けれど計画的に作られた都市の、何かの装置のような律儀さと潔癖な感じというのは、僕にとって決して居心地の悪いものではなかった。

中学に入ったばかりの頃、暇人の父が見慣れぬボードゲームを抱えてどこからか帰ってきた。父が買ってくるものと言えば大体、使えなかったり歓迎されなかったりするガラクタの類が多かったが、僕は一応、

「なんこれ」

と聞いた。父は誇らしげに、

「スクラブルちゃ」

と、答えた。そしていそいそとテレビを消して家族をダイニングテーブルに呼び集

め、覚えてきたばかりのルールの説明をした。

折りたたまれたグレーのボードはざらついたビニールで出来ていて、外国のにおいがした。中央の星のマークから、薄いブルーやピンク、赤や青のマスが放射状に広がり、その色はありふれているようだが実は見たことのない外国の色なのだった。

スクラブルはクロスワードによく似たゲームだった。アルファベットのタイルは全部で百枚。トランプや麻雀のように手札のタイルを持ち、それを使ってボード上に単語を作って置いていく。盤面にある誰かの作った単語の一文字を利用して、自分が作った単語を交差させる。そしてタイルの点数と色つきのマス目の倍率を計算して合計を競うというものだ。

「英語やろ。無理やない？」

と、母は言った。

「どんなことでも最初からしきるやつはおらんやろ」

父は重々しく答えた。

一体父がどこでそれを手に入れたのか、僕は聞き忘れた。ただでさえ知り合いが多い上に、今日会ったばかりの人ともすぐに腹を割って話して仲良くなってしまう。とにかくその日の父は一分一秒でも早くゲームを始めようとして躍起になっていた。

僕が自分と父の英和辞典を持ってくると、一同、父の指令でアルファベットの小さなタイルを七枚ずつ取った。使用頻度に応じてアルファベットの枚数は決まっている。一番多いのはEで一点、ほかにもAやI、Rなんかは多い。単語を作りにくいXやZ、Jなんかは枚数も一枚ずつだが点数は高い。Qは十点だがUを持っていなければババ抜きのババみたいなもので使い物にならない。

母は最初からやる気がなかったので、お茶を淹れると言って席を立つと二度とゲームには加わらなかった。小学生だった妹の千春は三十分で戦線から脱落した。

僕と父は二人でゲームに取り組んだ。それは僕らの新しい趣味となり、ゲームへの熱中は何年も続いた。

もちろん二人とも英語なんかできなかった。知らない街の地図のようにボードを見つめ、ガイドブックを見るように辞書をめくった。実際には絶対に使わないような驚くべき単語をお互いに発表し合って笑った。QUODは「ムショ」、ZANYは「ひょうきん者」、BANDITは「山賊」。二人で繰り出す単語の間にまるでもともと秘密の約束があったかのように、隠されたストーリーが見つかることもあった。手詰まりになれば平気でルールを改変した。手持ちを十枚ずつに増やしてみたり、固有名詞をアリにしたりもした。全取っ替えして余計不利になることもあった。ツキも波もあったけれど、ならしてみれば父と僕はほぼ互角だった。

中学三年の二学期になっても僕は父と勝負を続け、とうとう母に、

「いつまでお父さんと遊びよん、あんた受験生やろうが」

と、叱られた。すると父はこう言った。

「無理して受験せんでもいいけ」

母は呆れ、それから憤然として、

「広生《ひろお》は、あんたと遊ばせるために産んだんやないんやけね」

と言った。父は珍しくむっとした顔で、

「そうね」

と言ったが、妹が、

「じゃあ何のために産んだん？」

と言ったので、僕はおかしくてげらげら笑った。その後しばらく、僕と千春の間では、

「そんなんのために産んだんやない」

というセリフが流行《はや》った。

僕の名前は広生と言う。田川出身の力士の益荒雄《ますらお》広生《ひろお》にあやかったという。僕はもちろん益荒雄の現役時代を知らないし、母は相撲に興味がない。明らかに周りの意見を無視して、毎年九州場所を楽しみにしている父一人で決めた名前だとわかる。

「名前が益荒雄やないでよかったやん」

と妹に言われると、少し救いを感じる。「なるみますらお」なんて座りの悪い名前だったら苦労していただろう。僕は体格も性格も、まるっきり男らしくないからだ。

家族がなんとか食べていけたのは母のおかげだった。母は小さな手芸店を細々と営んでいた。国道沿いにショッピングモールが出来てから古くからの商店街はめっきり人通りが減って、シャッターを下ろした店が寒々しい姿をさらすようになっていた。それでも二軒先のテナントに自然食嗜好のパン屋が入ってからは近隣のマンションの人たちがぽつぽつと戻ってきた。小さい子どもを持つ母親たちがパン屋の帰りに来るようになり、店は少しだけ持ち直した。とは言え、手芸店の売り上げなんて微々たるものだ。針や糸、鋏、針山、平べったい箱に入って壁の棚にびっしりと積んであるさまざまなボタン、ファスナー、ゴム紐やゴム通し、どれも単価が安くて長持ちするものばかりだ。広い店ではないから、毛糸や生地もほんの少ししか置けない。

母は親切でよく働いた。お客さんから相談があれば、裏地のつけ方や、生地の始末、刺繍のパターンなどを、丁寧にアドバイスする。学校の家庭科の時間以来針も持ったことのないお客も多かった。

だが僕は、母のサービス過剰なところが嫌だった。なんで二百円や三百円のお客、しかも年に何度も来ないお客のために二十分も三十分もつき合うのだろう。若い母親に裁縫の基本中の基本のようなことを教えてやるのだろう。愛想がいいのは店だから当たり前だとしても、やりすぎではないのか。無駄なことをして儲《もう》からない母が僕は嫌だった。母の時間をさんざんに使って、千円にも満たない買い物をするお客が嫌だった。

僕と妹を大学にやるために、母は物置をつぶしてクリーニング屋の受付も始めた。出しっぱなしでさっぱり取りに来ないお客の服が天井からずらりと下がり、店にはドライクリーニングのにおいが立ちこめた。

父はもともと若松区の印刷工場で働いていたが、活版印刷の時代が終わって工場がなくなってから、他にできる仕事もなかったのか、家でぶらぶらしていた。ただぶらぶらしているのではバツが悪いらしくて、ＰＴＡの役員、町内会の会長などをすすんで引き受けた。祭りやバザーといった行事があれば嬉々として準備の段階から参加し、町内の揉め事の相談にものった。家の掃除をしているのは見たことがないが、店と商店街の掃除はこまめにやった。葬式があれば必ず顔を出し、誰かが入院すれば見舞いに行く。それが嫌味に見えないので人気があった。僕たちにしてみれば、何もしない父の言い訳的な行動にしか見えなかったのだが。

数ヶ月に一度、父は黙ってふらりと出かけてしまう。父親というのはどこの家でもそういうものなのだろうと子どもの頃は思っていた。しかしスクラブルを持って来たあたりから、どうやらウチのオヤジは変わってるぞ、と思うようになった。

多くの場合は手ぶらで帰ってきたが、数年に一度、父が見たことのないクルマに乗って帰ってくることがあった。広島ナンバーや足立ナンバー、石川ナンバーのクルマもあった。それらはオーナーが廃車にするのをためらっていた只同然《ただ》のクルマだった。父は全国津々浦々にポンコツ探しの旅に出ているのだった。多少はクルマをいじることもある父だが、続きは商店街の裏にある古賀自動車商会が引き受けた。それまで乗っていたクルマも古賀さんが買い取ってくれた。そして父は古賀さんのところへ毎日時間をつぶしに行った。

僕の記憶の最初にある我が家のクルマは水色の旧型ワーゲンだった。音がうるさくて、夏はすごく暑かった。それから白のジェミニ、ガンメタのゴルフの寿命が来てからは、黒の初代プリメーラに長く乗った。とどのつまり、父はドイツのにおいがするクルマが好きなのだった。

母はお客には親切だが、家の中では愚痴っぽい。仕入れ先の担当がちっとも気が利かないことや、パン屋の他には次々閉店するしかない商店街のこと、無理難題ばかり言ってくる太宰府の祖母（母にとっては姑）のこと、通っている歯医者の腕が悪いこと、そして僕や妹がしょっちゅう物をなくしたり忘れたりすること。よくもまあ次から次へと文句が出るものだ。僕たちが揃いも揃ってだらしないのが諸悪の根源だったから、母の嘆きが納まるはずもなかった。父はぶらぶらしていて僕も妹も店のことはまるでわからず、母のお陰だけで食べさせてもらっているわけだから、なまじなことは言えなかった。母の機嫌を取ることは、各々に課せられた風呂掃除や食器洗いよりも大切なことだった。

自分が下戸だと知ったのは、福岡市内の大学に通い始めてからだった。そして下戸というのは、周囲の人ではなく自分自身にとって面倒なことだと気がつくことになった。父はいつも晩酌を楽しみにしていたし、母だって普段は飲まないがつき合い程度にはいけた。だから僕は誰に似たのかわからない。突然変異なのかもしれない。

全九州とその外から受験勉強を切り抜けて入学してきた同級生たちは、積年の鬱憤を晴らすかのように酒を飲んだ。若くて飲み方も知らないから、騒ぎ、暴れ、ケンカをし、異常に陽気になり、卑猥な冗談をまき散らし、そして正体をなくした。

僕も何度か飲んでみたり飲まされたりしたが、ビール一杯で気分が悪くなり、嘔吐するのがオチだった。それだけでコンプレックスを持つには十分だった。自分が半人前に思えた。飲めないということはつらかった。当時は体質なんだから仕方がない、と開き直ることがなかなかできなかった。強くなくてもある程度飲めれば、いちいち言い訳をする必要はない。女だったら見過ごしてもらえるのに、と考えることは当時の僕には屈辱だった。そして工学部に女子学生は少なかった。

自分のことを、家で「僕」と言って親に何かを言われたことはない。しかし一般的に九州では「僕」なんて言うとすごく女々しく思われる。子どもの世界では余計そうだった。それでもなぜか「俺」とはうまく言えなかった。「俺」は「自分」ではなかった。少年野球の頃もそうだったし、友達の影響でヤンキーに片足を突っ込んだ頃も

「僕」だった。あっさりヤンキーをやめてから、僕はパズルに興味を持ち、そのうちに答を懸賞に応募するようになった。大学のサークルでも理数系のパズルを作って雑誌に投稿していた。そんな僕のどこを探しても九州男児的なところはない。そして下戸はますらおにはなれない。

十三万キロ走っている九六年型のBMW318iは、父からもらった。色は無難なシルバーだから、冠婚葬祭、スキー、買い物、引っ越しと何にでも使える。古いことは猛烈に古いが、どこも悪いところはない。「ガイシャ」だの「ベンベー」だのと悪し様に言う人もいるが、父は和歌山ナンバーのついたこのクルマをたった五万円で「拾って」来た。

ドイツ車の好きな父だから、当然自分が乗るつもりだったが何を思ったか、

「おまえも地方勤務やったらクルマがいろうが。やるけ、持っていけ」

と言って、キーをくれた。僕はそれを就職祝いと解釈してありがたく受け取った。

大学院に二年通ってから家電メーカーに就職した僕は、千葉で半年間の研修を終えて筑波工場で勤務することになった。会社が製造する商品は、炊飯ジャー、電気ポッ

ト、ホットプレート、食器洗い乾燥機、フードプロセッサなどの家電調理器具で、僕が配属されたのは工場の一隅にある品質保証部だった。社内では品証部と呼び、僕は平社員だがテクニカル・エンジニア通称TE職、という怪しげなカタガキを持っている。

つくば市と言えば学園都市とか宇宙開発都市というイメージが強いが、僕が働いているところは単なる平坦な工業団地で、あまり面白みのある場所ではない。まわりの会社も大体似たようなもので、だだっ広い敷地に低いフェンスが続き、10トン車がひっきりなしに物流に入っていくのは見かけるものの、その奥の事業所がどんなふうになっているのか外からはわからない。

毎朝八時二十分に僕はロッカールームで制服と安全靴に着替えて、自分のデスクへと向かう。工場なので朝礼の前にラジオ体操がある。ばかばかしいようだが真面目にやらないと怒られる。昼は地下の食堂で食べる。おいしくもまずくもないが、よほどの大食いでなければまず四百円で満腹になる。午後は三時にまたストレッチ体操があるが、こっちはさぼってもあまり文句を言われない。定時は五時半だが、僕の終業時間はまちまちだ。六時に上がれることもあれば十時頃になることもある。残業で腹が減るとコンビニまで行くこともあったが、会社で夕食を食べてしまうと、なぜか負けたような気がした。

仕事の中身はクレーム品の原因特定や、改良部品の設計、新商品への反映だ。部品の破損や劣化といった材質的な問題もあるが、全体には電気的な不具合が圧倒的に多い。マイコン制御や液晶表示、基板本体に附随するものだ。モーターや圧力関連では使用時の音のクレームもある。音量的な基準を満たしていても、音の問題は快不快といった感覚と結びついたものなので取り扱いが厄介だ。

製品の修理そのものは別の部署でやっている。営業所で対応できない部分については宅配便で商品を引き取り、工場内で修理をして返送する。そこで手に負えなかったクレーム品が僕のところに届く。僕は毎日、丁寧にそれらと向き合い、検証と再現実験を行い、記録を残し、それをもとに対策案を練って部内で検討し、回答書を作って各部門に戻す。

クレームを再現するのは意外に難しい。ほんの少しの条件に左右されることもあれば、同じ現象が百回に一回しか再現できないものもある。地味な仕事だが、机上の理論では考えつかないような発見、根本的に考え直さなければいけない機構などがたくさんあって退屈することはなかった。

そういえば僕は故障していない自社製品を使ったことがない。去年まで独身寮にいたので家電なんて小さな掃除機があるだけだった。三十過ぎると会社が追い出しにかかるので、早めに寮を出てアパートを借りたが、自社では扱っていない洗濯機と冷蔵庫と電子レンジを買ってそれで終わりだった。人には言っていないが、ごはんは文化鍋で炊いているし、ポットやミキサーは持っていない。一人暮らしでそこまでする必要性を感じない。

学園都市が昔どんな景色だったのか僕には想像できない。周辺に広がる田園風景と一緒だったのか。長屋門のある大きな農家の敷地内には、本家よりもやや小ぶりな跡取り息子の家が建っている。こういう家の娘からプロポーズされて、家を建ててやるなんて言われたら僕は逃げ出すと思う。

学園都市のビル街はコンパクトにまとまっているが、万博の頃の古いビル群と、TXつくば駅のまわりの新しいビル群では微妙な温度差がある。古いビルのまわりの空気は乾いているが、駅のあたりにはまだセメントや内装材のにおいが漂っているような気がする。ちょうど、新車のにおいのように。

クルマを走らせれば、どの道にも背の高い並木が続く。西大通りはゆりのき。牛久学園線はもみじばふう。ほかには、けやき、いちょう、とうかえで、とちのき。僕は木の名前で道を覚えた。それらは美しいが車の通りと人間が働いたり研究したり生活している建物を完全に遮断している。

小さな店が寄り集まった商店街はどこにもない。この町に母の居場所はない。

人と人の距離は九州とは確実に違う。工場勤務のせいもあるかもしれないが、九州ほど、ことあるごとに腹を割って話さなくてもいいようだ。ここでは「僕」と言っても誰も「女々しい奴」とは思わない。僕は汚名を返上して「マイペースで理系っぽい」と言われるようになった。

車社会だから飲み会は少ないが、どうしても出なければいけない歓送迎会や忘年会のとき、僕は「鳴海タクシー」と呼ばれ、みんなを送って行くことになる。それだって九時とか十時ならばいい。人を送る時間も惜しくない。だが、郊外の朝までやっているような居酒屋に行って二時まで飲む連中を送ると、僕の帰りは三時になってしまう。割に合わないというより、その数時間は翌日に影響する。

父のすすめで始めた少年野球は鬼コーチに怒られてつらいばかりだったが、会社の野球部に入ってからは大いに役立った。当時は活躍の場がなかった僕でも草野球ではすぐに五番サードで定着した。野球部は月に二回練習もしくは試合がある。我がチームは弱小軍団だったが、みんなで笑って、みんなで悔しがる野球は楽しかった。

キャプテンの松本さんは、同じフロアの商品開発部の係長だった。饒舌《じょうぜつ》ではないがユーモアがあって、どんなときも決して焦らないので後輩達に人気があった。僕は個人的に、松本さんも酒を飲まないことが嬉しかった。

それでも僕は思う。野球部の試合で自分が決勝点を叩き出したとき、自分が凡退しても勝てたとき、そして痛恨のエラーで負けてしまったとき、そんなときだけでいいから酒が飲めたらいいな、と。みんなと同じようにビールをがぶがぶ飲んででかい声を出したいと思う。酔って帰って明日のことなんか考えずに眠りたいと思う。

合コンの誘いはいくつもあった。つくばにはそれなりに若い者がいるし、そのくせ夜はさびしいところでもあるので、みんなが早く結婚したがるのだ。

最初のうちは断れなくて出たけれど、女の子は年上ばかりだった。年上がいけないってわけじゃないが、世代と言うよりも価値観の違いを見せつけられるばかりだった。女性を大事にしろ、女性の考え方を理解しろと言う感じの人が多かった。しかし、下戸への理解のある女性は案外少なかった。こんな言い訳をするのも単に好みの子がいなかったせいだし、逆だってもちろんそうだったのだろう。

名刺を出すたびに、女の子たちが東京の広尾の話をするのも面白くなかった。相撲の益荒雄なんて言っても知っているはずもない。意地の悪い言い方をすれば、彼女たちは霞ヶ浦のほとりで生まれ育ったくせに、やけによく東京のことを知っている。高級なスーパーがあるとか、地元の人に人気のフレンチがあるとか。僕は広尾なんかに行ったことがない。何かの用事で東京に行くとしても、都内の移動には不便な場所だし、まず用事を思いつかない。

そんなわけで僕は酒が飲めない上にひねくれているのでもてない。その上みんなの運転手をさせられたんじゃかなわないので、合コンには行かなくなった。ほかに出会いなんてないぞと言われても、実感が湧かなかった。

今田美咲《こんだみさき》は物流部でオペレータをしていた。社員食堂ですれ違えば挨拶をする、といった程度の顔見知りだったが、七月に行われた社員の商品アイディアコンテストで彼女の案が二位を取ったことで仲良くなった。開発や品証は全員が何かの役割を命じられ、僕はたまたま炊飯器部門の係をやっていた。彼女の案とは「残りごはんをパッキングできる炊飯器」というものだった。技術的な検証は不十分だったが、たたむと一本の棒になるアームにごはんを包む袋をセットして、内蓋の小さな穴から挿入して袋を膨らませるというのがまるでバルーン手術みたいで面白いと思った。最終的には釜の中に一膳分ずつパックされたごはんが残り、釜の内部が一定温度まで下がれば本体のランプが点灯するという仕組みだ。あとはユーザーが取り出して冷凍庫なり冷蔵庫なりに入れることになる。一人暮らしなら誰でもやっている作業だ。面白いし、実生活に基づいているということで評価が集まった。

表彰式の後の懇親会で彼女と話した僕は、素朴だが生き生きした話し方に惹きつけられた。開発の部長や工場長と話すときも臆することなく、そして笑顔を絶やさなかった。彼女が去ると僕は猛烈に彼女と喋り足りないことを感じた。そんな飢えに似た気持ちを持つのは久しぶりのことだった。

それをきっかけに、僕たちは社内メールでこっそりとやりとりをするようになり、すぐにメールは会社のデスクトップを離れてお互いの携帯電話の中に居場所を見つけた。

九月の半ばになって彼女から、

「土浦の花火に行きませんか？」

と、メールで誘われたとき、僕はてっきり彼女の同僚とその彼氏という組み合わせかと思った。そして、その彼氏というのが野球部なのかもしれないと思っていた。ありがちな話だ。もちろん予定は空いていたし、じゃあ僕がクルマを出すよ、と即答した。

指定されたコンビニの駐車場に迎えに行くと、彼女は浴衣を着て照れくさそうに待っていた。ちょっと見違えるほどだった。僕は「ほかの人は」と聞ける状況でないことを悟り、一種爽快な気分でもあったが困惑もしていた。心の準備が出来ていなかったのだ。

けれども彼女と一緒にいると全く人混みが気にならなかった。むしろおかげで寄り添って歩けるのがありがたかった。花火大会は思ったよりもずっと大きな規模のもので、僕は久しぶりに腹の底から声を出して感嘆し、笑った。隣に浴衣の彼女がいることがたまらなく嬉しかった。

帰り道、橋を渡る渋滞の中で、彼女は言った。

「土浦って近すぎるよね？」

「なんで」

「もっと話していたいから。鳴海さんのこと聞きたいし」

まっすぐな子だと思った。学歴だの会社だので人を値踏するようなひとたちとは違う。女の子と話して自然でいられる自分を感じるのはつくばに来て初めてだった。

花火から二週間ほどして、彼女は僕の部屋に来た。おみやげと言って紙の卵パックに入った地鶏の卵を持ってきた。養鶏場の名前は入っていなかった。

「おいしいから、食べて欲しいなと思って」

下妻の道の駅にも卸している卵だと言った。

「ひょっとして、今田さんの家で鶏飼ってるの？」

一瞬、彼女が身をかがめて雛鳥を追う様子が浮かんで僕はほほえましい気分になった。

「うちは飼ってないけど、近所の人のとこ。この辺って地鶏が有名なの。軍鶏《しやも》とかも生産してる。軍鶏は奥久慈が有名だけど石岡でもあるんだよ」

「軍鶏って闘鶏の」

「うん、肉がしまっててね、歯ごたえがあってすごく味がいいの」

「へえ、食べてみたいな」

「今度持ってくるね」

二人とも空腹だった。もらった卵をどうやって食べたら一番おいしいか冷蔵庫の中を見ながら話し合った結果、彼女が台所に立ってフライパンで手際よく親子丼を作ってくれた。そばつゆでタマネギを煮る甘いにおいの中で、後ろ姿の彼女を見て僕はかなりいい気になっていた。

僕のアパートに二つ同じ器はなかったからカレー皿とラーメンの丼に温めた朝の残りごはんを盛った。彼女は真剣な顔で卵黄の色の濃い、ふんわりとした僕の分の具をのせて、先に食べてと言った。彼女は自分のタマネギを煮ながら、ときどき振り返って僕を見た。

生まれてこの方こんなおいしい親子丼は食べたことがなかった。しあわせだなんて言葉を使ったら軽蔑されるかと思ったけれど、そう言った。

部屋の片隅に置かれた白い帆布のバッグから僕がよく知っている縦長のパズル雑誌が顔を出しているのがずっと気になっていた。

「パズル好きなの？」

「うん。そんなに得意じゃないけど」

彼女は笑って頷いた。

「僕、大学のときはよく作って投稿してたよ」

「え、ほんとに？」

「スケアクロウXって知ってる？」

「え？　なに？」

「僕のハンドル。パズル作ってたんだ」

「見たことある！　ほんとに？　ほんとに鳴海さんなの」

「うん。ほんとだよ」

「すごい。何作ってたっけ。クロスワード？　迷路？」

「数独とかああいう数字の出てくるやつ」

「えー、すごいすごい。スケアクロウXさんなんだ。すごいけどおかしいよ。目の前にいるなんて」

「会社で言わないでね、みっともないから」

「そう？　なんか私、有名人と会ってる気分」

「有名じゃないよ。マニアックすぎだよ」

好きなことの話だったから、いくらでも会話が続いた。

ジグソーパズルも好きだとか、クロスワードはいいけれど迷路は苦手だとか、でも一番やってみたいのはスクラブルだとか、それじゃ今度二人でやろうよとか、そんな話で盛り上がった。大学のサークルには他の学部のオタクっぽい女子もいたが、パズル好きでこんなに感じのいい子がいるなんて考えたこともなかった。

それから彼女は、自分が参加しているNPO活動の話をしてくれた。カナダから子どもたちのサマーキャンプを受け入れるというものだった。

「カナダって珍しいね」

「うん。メグさんって向こうの人がすごくちゃんとしていて、信頼できるから。こういうのって怪しいと思ったら出来ないよね」

「それはそうだね」

「私なんて英語もあんまり喋れないけど、子どもたちとは気持ちが通じるんだ。本当に喜んでくれるの。帰るときしがみついて泣いちゃう子もいるの。来日前はいろいろ問題が出たりするけど、毎年終わるとよかったなあって思うんだ」

懸命に話す姿が好ましかった。可愛く見えるのにしっかりしてるんだなあ、と思った。

「どういうきっかけだったの？」

「短大のときカナダに行って、そのときにメグさんに会ったの」

「へえ」

「もともと、私の英会話の先生の知り合いで、それで紹介してもらったの。すごくお世話になったんだ。下手な親戚なんかじゃ考えられないくらい」

メグさんは以前は日本に住んでいたが、日本人の夫と離婚してからバンクーバーに戻って、働きながらボランティアで身寄りのない子どもや貧困層の子どもをサポートするという会の世話人をしているらしい。

「ホスピタリティのある人なんだね」

「そうなの。私、それまで修学旅行以外旅行なんて行ったことなかったのに、今は全然海外行くの怖くないし、バンクーバーは自分の第二の故郷みたいな感じで、もっとほかのいろんなところも行きたくて。全部メグさんのおかげなんだ」

その次の週、彼女は去年のサマーキャンプのアルバムを持ってきて、髪の色も肌の色も表情もさまざまな子どもたちを一人一人紹介しながら見せてくれた。

「カナダは移民の国だから、五人に一人が移民なの」

「へえ」

「これが浅草」

「ほんとだ」

「こっちは新宿御苑。みんなでピクニックしてるの。三日目から京都に移動したの」

「京都にも一緒に行ったの？」

「もちろん」

「行動力あるんだな」

美咲が子ども達と一緒に映っている写真も何枚かあった。いい笑顔だと僕は思った。

「メグさんって人の写真は？」

「メグさんが全部写真を撮ったの」

「そうなんだ」

「すごくステキな人なの。優しくて、なんでも知ってて」

ＮＰＯの話をする美咲は輝いて見えた。工場にいるときの真面目で堅実なイメージとは別人のようだった。

その日、送っていく車の中で彼女は言った。

「広生っていい名前ね」

「そうかな」

「二人でいるとき、名前で呼んでいい？」

「いいよ。僕も美咲って呼ぶ」

美咲と発音するとき、体が熱くなった。僕は車を路肩に停め、彼女の肩を引き寄せてキスをした。

週末が来るたびに僕らはアウトレットに出かけ、水族館に出かけ、シネコンに出かけ、ときには美咲の好きなバンドのライブにも行った。美咲と出会う前、自分が休みの日に何をしていたのか思い出せなくなった。ほんとうに僕は何をしていたのだろうか。野球部の活動の日も、休日出勤もあったけれど、あとは家で一週間分の洗濯や掃除をしてごろごろしながらテレビを見たりパズルを解いたりしていただけだったような気がする。そんなことで時間が本当につぶれたのだろうか。美咲と会うようになって、終業時間が待ち遠しく感じられることがあった。メールだけでも早くしたい、できれば電話で声が聞きたいと思った。仕事が忙しいときはそう思わないのだが、一度集中力が途切れるとなかなかペースが戻らなかった。

週末、ドライブして街に戻ってくると一緒に早めの夕食をとった。美咲はビールやお酒を飲んだ。下戸の僕に気兼ねをせずにスマートに注文してくれることがありがたかった。

一人だったら絶対に行かない店を開拓するのも楽しかった。つくばは店が少ないし、閉店時間も早いけれど、美咲はネットや情報誌で続々と新しい店を調べてきた。

ある日、彼女はこんなことを言った。

「広生の家が羨ましいな」

「なんで?」

「話聞いてたらさ、お父さんとか面白そう。スクラブル教えてくれるなんてふつうないよ。会ってみたいな、いつか九州行って」

「九州って来たことない?」

「うん、一度もない。国内旅行ってあんまりしたことないし」

「案内してあげるよ。食い物旨いし、海も山もあっていいよ」

「広生の実家のあたりってどんなとこ?」

「なんにもないよ。ふつうの商店街。少し離れたら学校がいくつもある」

「へえ。でも海が近いんだよね」

「まあ、遠くはないね」

「いいな。そんなとこに里帰りできて」

「美咲の家は？　あんまり話聞いたことないけど？」

「うちの家族って会話がないんだよね」

「そう？」

「うん。私も喋らないし。両親とかふつうの人だけど」

「きょうだいってお姉さんだったっけ」

「うん。お姉ちゃんは私と全然似てない。何やっても上手だし性格も明るいんだよね。だから余計かな、お姉ちゃんが結婚しちゃってからなんか家の雰囲気変わったなあって」

「美咲だって感じいいじゃない」

「そんなことないよ。友達とか少ないし。学生時代なんて家でパズルやってるだけの暗い子だったの。でも不思議だよね、その頃きっと広生が作ったパズルやってたんだよね」

「うん、多分ね」

「でもね、私変わったんだよ。メグさんとこの活動始めて、それだけはがんばってると思うんだ。雑用みたいなこととかでもやり甲斐あってさ。それに広生とつき合えて、なんか最近すごく充実してるなーって」

「こちらこそ」

「早く家出たいな。東京に住んでみたいし、結婚もしたいし」

結婚という言葉は重かった。今はまだいいと思っていた。ずっと独身でいたいと思うことはないけれど、さしあたっては願望もなかった。だからと言って興味がなさそうにするのも自分の彼女に対して失礼だし、どんな顔をすればいいのだろうと思った。こんなとき酒飲みだったら違う種類の酒を注文してごまかしたりできるのかもしれない、そう思いながら僕はタバコに火をつける。デザートを頼みたい気もするが、まだ早いと思われるだろうか。酒を飲んでいる人との時間は、だんだんずれていく。もうそろそろ、と思って帰ろうとすると薄情なヤツだと思われる。

結婚か。

決して逃げているつもりではなかったけれど、僕はいい加減な気持ちで将来の話をするのは避けたかった。いい加減につき合っているわけではなくて、自分の将来設計がいい加減なのだ。ましてや相手は酒を飲んでいる。普段より感情が高ぶるかもしれない。女の子を泣かせてはいけない。悲しませてはいけない。期待させてはいけない。結婚ということは、あれだ。彼女の家に行って頭を下げるということだ。そういうのが僕は一番苦手だ。両親に紹介したいと言われたら困るな、と思っていた。なぜか、彼女の両親が僕を気に入るということは想像がつかない。

やっぱり女の子の両親というのは、こわい。きちんとつき合っていても、親に対してはうしろめたいことをしている気持ちになる。高校の頃、つき合っている子の部屋に入ってキスをしていたら見つかったときのバツの悪さが、三十を目前にしてまだ残っている。美咲を送って行くときだって家のそばではいつ誰に見つかるかわからないから気をつけて、人通りの少ない道でクルマを停めたし、ダッシュボードの下でそっと手を握るだけで別れるようにした。

野球部はオフシーズンだったが、ある日、松本さんから内線が入った。

「今度、下戸の会でもやらねえか」

と、松本さんは言った。

「いいですね、それ」

と、僕が言うと、松本さんは楽しそうに言った。

「おでん屋かなんかで、酒は一切なし。どうだ」

「おでん屋ってどこの」

「『とちの実』でいいだろ」

野球部には三十数名の部員がいたが、下戸は僕を入れて四人だった。僕は同期の鷹《たか》巣《す》と一つ後輩の大島を社食に呼び出して声をかけた。鷹巣は寮に住んでいて暇だから二つ返事だったし、新婚の大島も大丈夫だと答えた。

「下戸ばっかじゃ単価めちゃくちゃ安いですよね。いいのかな」

大島が言った。

「『とちの実』なら大丈夫だよ。どうせ閑古鳥鳴いてるんだ」

「そうだよな。おでんを食べるのになんで酒がいるんだ」

鷹巣が言った。

「飯炊いておくように言っとかなくちゃ」

「仲間の送迎もなしにしましょう」

「当然だ。クルマは一人一台。現地集合、現地解散」

翌週の金曜、仕事を終えてから、おでん屋の小上がりで「第一回　下戸の会」が催された。

僕らはひたすら食べながら、草野球の話をし、プロ野球の話をし、お笑い芸人や最近見た映画の話もして、合間に少しばかり会社の悪口を言った。

そして満腹になってくつろいだ。酒飲みに振り回されないので皆ゆったりとしていた。

「松本さん、前から聞きたかったんですけど」

と、鷹巣が言った。

「初対面の人に飲めないって言うとき、なんて言ってるんですか？」

「『お腹に赤ちゃんがいるんです』って言うんだよ」

「はあ？」

「そりゃドン引きされるでしょ」

「いや、松本さんが言うからいいんだよ。俺らには無理」

飲み会ではないので、じきに会はお開きになった。駐車場に行く途中、松本さんが僕に言った。

「物流の今田とつき合ってるんだって？」

僕は少し驚いて立ち止まった。

「え？　なんでですか？」

「いや、聞いたから。結婚すんの？」

「まだつき合いはじめたばっかりですよ。そんなの全然」

「多分、向こうは考えてるよ」

「誰がそんなこと」

「女って喋るんだよ、なんでも」

「松本さんだって、そろそろって言われてるじゃないですか」

「さあ、わかんねえ」

松本さんが顔をくしゃくしゃにして笑うと誰もその先を聞けなくなってしまう。聞いたところで絶対に喋らないこともみんな知っている。

松本さんは三十六歳で独身だ。長い間つき合っている彼女がいるらしいというのは誰もが知っているけど、それがどんな子なのか、社内で秘密にしているのかそれとも元社員なのか全く違う業種なのか、誰も知らない。

十一月のある夜、僕たちは食事を済ませてからスクラブルを広げ、静かに向かい合って座った。少し見つめ合った後、美咲が照れたように笑って、

「最初はオープンでいい？」

と言った。

「ほんとに初めて？」

「ほんとは初めてじゃない。カナダで少しだけやったけど、もう忘れちゃった」

「いいよ、オープンで」

七枚のタイルをつまんで彼女に見えるようにひっくり返した。彼女も同じようにした。僕はQがなければ逆に邪魔になるUを二枚と案外使いにくいKを持っており、彼女はVとZを持っていた。それはお互いに笑い合える欠点のようだった。例えば小指が人より短いとか、一本だけ生えている胸毛のような。

なんだか、初めて躰を重ねるような気持ちだった。

僕たちはゆっくりと、時間をかけて単語を紡ぎあった。僕は会話の役には決して立たない単語を並べ、彼女は「メグさん」と話すときに使うような愛情のこもった短い単語で応じ、慎重にクロスさせていった。

ゲームは終わらなかった。なにかのはずみに差し出した指が触れあい、おずおずと指をからませあっているうちにアルファベットは遠い世界に消えてしまった。甘酸っぱい気持ちがこみ上げてきて、もう彼女の表情を見て話すだけでは足りなかった。僕は夢見心地で立ち上がってテーブルごしに長いキスをした。

ぎこちなく、照れくさくもあったが、やがて僕らは垣根を越えて互いの体にふれ、睦みあった。美咲のすべすべした肌は僕の骨張った体より熱くて、顔を埋めると果実のように爽やかな匂いがした。僕は遠い初夏のような喜びに心を揺すぶられた。大きく吸い込む息の途中で美咲が、

「好き」

と言った。その高くかすれた声に僕は我を失った。言葉を捨て、考えをなくし、名前も顔も失った。

崩れ落ちた美咲の体が海のように穏やかになっていた。僕は身を離すとベッドの外に出た。

「どうしたの？」

「シャワー浴びてくる」

「私も行く」

「すぐ上がるから。それか先に入る？」

「一緒に入っちゃだめ？」

「いいけど」

あんなに愛おしく抱きしめた彼女の体が、アパートの狭い風呂場では邪魔だった。役目を終えた自分の体を洗うところを見られるのも嬉しくなかったし、交代で浴槽に浸かるのは窮屈だった。一人になりたいのは出してしまったらおしまいという精神状態を悟られたくないからだった。実際その通りなんだけど、僕はもっと彼女にいい顔をしたかったのだ。

風呂から出た僕がペットボトルのお茶を飲んでいると、ドライヤーをかけ終わった彼女が言った。

「ワイン飲んでいい?」

「持ってきたの?」

「うん。少しだけでも飲まない?」

「僕はいらないけど、飲みたいならどうぞ」

幸い、ビクトリノックスのナイフにはワインオープナーがついていた。ワイングラスなんてものはないからピカルディのタンブラーを出した。

「おいしい」

やけにその表情が艶っぽくて僕はやばいと思った。だからわざとそっけなく言った。

「ああそう」

「かわいそう。こんなおいしいの飲めないなんて」

からかうように美咲は言う。

「飲めなくなったわけじゃなくて、最初から飲めないからかわいそうじゃないんだ」

美咲はゆっくりとワインを飲み、僕は頬杖をついて彼女の顔を眺めていた。

「お正月って、いつから実家帰っちゃうの?」

「まだわからない。決めてないよ」

「え? でも九州だよね」

「そうだけど」

「飛行機、取ってなくて大丈夫なの?」

「新幹線か、夜行バスだから」

「うそ、なんで?」

「……飛行機嫌いだから」

「飛行機嫌いなの?」

そう言って彼女は吹き出した。

「怖いの?」

僕は福岡から対馬の親戚の家に行くときに乱気流に巻き込まれて大変な目に遭った

ことを話した。忘れもしないYS-11だ。福岡は曇りだったが、搭乗前に現地の天候が悪いことを伝えられ「着陸できなくて引き返しても文句は言いません」という趣旨の書類にサインをさせられた。それだけでも人を不安に陥《おとしい》れるには十分ではないか。飛行機はなかなか着陸出来ずに旋回しながら気流の中で弄《もてあそ》ばれ、上下左右に強くひっぱられるように揺れた。海に落ちるか岩場に激突するか、どちらにしてもただでは済まないと思った。世界中のさまざまな航空事故のニュースが頭の中をぐるぐるまわる。生きた心地がしないというのはああいうことだ。その上対馬空港はふつうのロケーションではない。断崖絶壁に突っ込むようにして着陸するのだ。僕は頭の中で何度絶叫していたことだろう。（それだけは美咲に言わなかったが）

当然、帰りは飛行機をキャンセルしてフェリーにした。僕は命を粗末にしたくないし、寿命を縮めたくもない。二度と飛行機には乗るまいと思った。

「えー、意外」

美咲はころころ笑った。

「面白そうじゃん。断崖絶壁の空港なんて」

「面白くないよ！」

「広生にそんな弱点があったんだ。知らなかったー」

「弱点じゃないよ。僕は何も困ってない」

美咲はまだ笑っていたが、

「え？　じゃあ海外って行ったことないの？」

と言った。

「ないよ」

別に行きたいとも思わない。行って何をするんだ。食べ物だって日本が一番おいしいと思うし、買いたい物はなんでも手に入る。僕はわざわざ無理をして言葉の通じないところに行ってピラミッドやナイアガラの滝やノートルダム寺院を見ようとは思わない。

「でもさ、それって特殊な経験だったんだよ」

「特殊？」

「だって私、カナダやアメリカ行くのに一度も怖い思いなんてしたことないよ。たまたま対馬が悪かったんだよ」

「いいよ。無理して慰めなくて」

「でも、いつかどっか行こうね。二人で」

「国内でいいよ」

「えー、海外行こうよ。オーストラリアとか行きたくない？」

「遠慮しとくよ」

肩にもたれかかってまだ笑う美咲に少し閉口しながら、髪を撫でた。

「美咲は正月ってずっとこっちにいるの？」

「うん、でも何もやることないの。ねえ、初詣行かない？」

「筑波山神社行ってみたいな」

「えー、地元じゃん」

「行ったことないんだよ」

「いいよ。でも誰かに会っても知らないからね」

「会ったってかまわないさ」

結局正月は実家に帰らなかった。

初詣に行った筑波山からは富士山が見えた。富士山からも筑波山が見えるのだと美咲が言った。本当だろうか。結局僕らは誰にも会わないで済んだ。美咲は縁結びのお守りを買い、僕はおみくじで小吉をひいた。

休みの間、美咲は一日おきに泊まりに来た。僕らは頭がおかしくなるんじゃないかと思うほどセックスをした。その合間に食事をして、スクラブルのボードを広げ、子どもじみた言い合いをしながらゲームに興じた。彼女はお正月だからと言ってのべつ酒を飲んだ。僕は彼女が飲み終わる前に大体眠っていた。

一月三日に僕は生まれて初めてのビンゴを達成した。ビンゴというのは手持ちの七枚のタイルを全て使い切ることで、出来そうでなかなか出来ない。ボーナスの五十点も嬉しいけれど、それよりも使い切った爽快感というのがたまらない。

だが、出来たのはあまり嬉しくない単語だった。

HOPELESS

「希望がない」「見込みのない」「どうしようもない」

ゲームなんだから意味なんてないんだけれど。

その夜、目が覚めると、美咲の瞳がびっくりするほど近くにあった。

僕は半分ぼんやりしながら言った。

「眠れないの?」

美咲はそれに答えずに言った。

「広生ってかわいい」

「僕が？」

「うん。外だとしれっとしてるけど、眠ってると子どもみたい」

「そんなこと、言われたことないけど」

「うん。ほかの誰にも見せたくない」

同僚や友人が酒を飲むのにつき合うのと、自分の彼女が飲むのにつき合うことがこれほど違うとは思っていなかった。美咲が僕といるときだけ酒に依存しているように思った。飲み始めた美咲はユニークな彼女自身であることをやめ、曖昧になった細胞膜から酒を吸収し、同化し、酒に溶けてしまうかのようだった。

彼女は寂しがり、甘えた。不安がった。しかし僕から見たそれは酔っぱらい特有の非個性的な感情表現に過ぎなかった。

なんでそんなに飲みたがるのか、僕にはわからなかった。

そんなにまでしなければ、僕といられないのだろうか。

だが、彼女はこう言うのだ。

「私、嫌われてる？」

「そんなことないよ」

「広生、楽しそうじゃないよね」

「美咲のことが心配なだけだよ」

「いいじゃん広生の前くらい、自分を出したって」


年明けから、美咲のNPO活動は忙しくなった。サマーキャンプに向けて、東京での打ち合わせに通い、そして持ち帰った予算編成に追われているようだった。

「理事」なんて肩書きもついていると知ったのは、彼女の友達がつくばまで来たときのことだった。

二宮さんというその女性は、NPOでは美咲の先輩的な存在だということだった。上質の素材のジャケットをさらりと羽織っていて、いかにも都会的で知的な女性だった。

最初はこの街の話や、僕の出身などについて聞かれたが、次第に話の中心はNPOのことになった。

「鳴海さんはどうして美咲ちゃんと一緒に参加しないの？」

と、二宮さんに水を向けられて、ああやっぱりな、と僕は思う。きっと何を言っても論破されてしまうのだろうし、あからさまに興味がないからですと言うのは美咲に失礼だ。しかし、美咲だってそのためにわざと二宮さんに僕を紹介したのではないか。

「仕事が結構ばたばたなんです。いつ休めるかはっきりしない業務なもので」

美咲が目で「うそつき」と言う。二宮さんは落ちついた口調で言う。

「もちろん皆さん忙しいんですよ。でも月に一日でも二ヶ月に一日でも鳴海さんが来て下さったら私たち、とっても助かるんですけど」

「でも僕は人見知りだし、子どもと遊ぶのも下手なんです」

「大丈夫よ。子どもたちは、本当に素直でいい子ばかりなの。きっと実際会ったら今までの思い込みと違うんでびっくりなさるわ」

「いや、だめです。僕はほんと」

「一度メグさんに会ってみたらどうかしら？」

美咲も大きく頷いた。

「きっと広生もメグさんのこと、好きになると思う」

「スカイプでもいいじゃない」

「やっぱりメグさんと話すのが一番いいよね」

「メグさん」「メグさん」と慕っている彼女たちのことが、だんだん異様に思えてきた。

「恵まれない子どもたちに幸せなバケーションをプレゼントする」

その目的には文句のつけようがない。

けれども「疑いようのないこと」というものに僕はなにかうつろなものを感じてしまうのだ。

ただ、それをうまく言えない。


労働組合は完全なご用組合だ。年に一度、本社から来た担当者が各事業所でミーティングをするが、どうやら形式的なものらしい。

僕は一年目に質問をし、二年目に返答の催促をし、三年目になって「その質問は議事録に残っていない」と言われてから、ミーティングに出るのをやめた。一人で仕事をしていたら、打ち上げだけは出ろよと先輩の梶原さんに言われてしまった。

酔った目で見れば気にならないのかもしれないが、醒めた目で見ればあまりにもみすぼらしい居酒屋である。もう少しましな店はないのか。何週間貼りっぱなしなのかわからない短冊に「おすすめ！　鰺刺身」などと書いてあっても信用できないし、たかだか豚の生姜焼きに八百円もとられるのも気に入らない。ほうれん草炒めはやたらに量が多くて味も濃い。学生の行くような店だ。

酒を飲まない分タバコが増える。吸い殻の本数を気にしている自分がイヤだな、と思う。

組合の話なんて聞きたくもない。あたりを見回している時間が長くなる。

うるさい店である。客が多いのではなく、むしろ空疎である。安普請《やすぶしん》のせいか声が響く。うるさいのは自分のグループと誰も見ていないテレビの音だ。

美咲からメールが来ているけれど、いちいち開けるわけにはいかない。僕は何か言われたら、ええそうですね、と流しながら相槌を打っている。

苦痛である。

「鳴海、おまえよくコーラなんかでつまみが食えるな」

組合の担当者が僕を呼び捨てにする。ミーティングに出ないから却って覚えられている。

「そうですね」

僕は曖昧に笑う。

「せめてウーロン茶にしろよ」

「えっ……」

「鳴海、飲めないのに悪いな」

梶原さんが言う。

「いえ。自分、結構飲み会の雰囲気、好きですから」

「ならいいけどさ、自分って言うのやめろや」

担当者がまだからむ。

「すみません。昔ヤンキーだったんで」

本当にヤンキーだったと言っても誰も信じない。冗談にもならない。半年もやったら飽きてそのままトーンダウンしてしまったのだ。残されたのはケンカしたときの腕の刺し傷の跡(双方とも生意気にナイフを振り回したのだ)と、今も人差し指と中指の間に挟まっているタバコだった。

しかしいつまで飲むつもりなのか、平日なのに。野球の試合だって三時間か四時間で終わる。だが飲み会はいつ終わるのかわからない。わからないことが苦痛だ。

「モツ鍋でも頼むか。鳴海は九州だから好きだろ」

モツ鍋だけはごめんだ。僕はこっちの、水みたいなスープの、やる気のないモツ鍋を認めない。ニンニク臭ければいいというわけでもない。本来、モツ鍋のスープには

その店の魂がこもっているはずなのだ。(その魂は九州男児のものではなく、店のおばあちゃんの魂である)

ますます自分の立場が不利になったように思う。コーラとほうれん草は確かに合わない。

下戸の僕は割り勘を免れて二千円か三千円、言われたままに払っているが、それにしても三人送って夜遅くなるのは割に合わない。

無理に盛り上がる必要はない。黙っていてもいい。

ただ、先に帰ってはならぬ。

理不尽だよなあ。酔いつぶれた奴は先に帰るのに。

僕は下戸であり、スモーカーである。それが僕だと言うならそうでもいい。

今までも飲めない酒を強要されてきた。そして禁煙を強要され、健康を強要される。イヤな世の中だけれど、そういうことにもの申すというのは、僕のスタイルではない。酒飲みや嫌煙は思想とすぐ結びつくけれど、下戸は思想とは全く関係ない。健康問題でさえない。健康のために酒をやめる人はいるけれど、下戸はそもそも何もやめていないのだ。部外者と言っていい。

僕は部外者だと思う。どこにいても。

「おい、おまえが一番先に東京行くみたいだぞ」

梶原さんの声で我に返った。

「はい？」

「何も聞いてないのか？」

「え？」

「この中で本社に行く可能性が一番高いのはおまえなんだってさ」

「そうなんですか」

「やっぱり、院卒は違うんだよ。扱いが」

酒も飲めないくせに。つき合いが悪いくせに。組合にも顔出さないくせに。

院卒だから小さなトゲくらいは我慢しなければならないのか。

もしかしたら東京に異動があるかもしれない、と美咲に言った。

「すごいチャンスだね」

と彼女は言うのだった。

「異動なんて面倒くさいよ」

「私、ついていきたいな」

「仕事どうするんだよ」

「いいよ物流の仕事なんて、誰でもできるもん」

「やめちゃうってこと？」

「うん。東京で働いてみたいの。それにNPOだって楽になるし」

「そんな簡単なことかなあ」

「簡単かどうか、わからないけど。でも大丈夫だよ。広生と一緒に住めるんだったら、私がんばるから」

「高いよ。家賃が」

「きっと見つかるよ。たくさん物件あるんだもの。ね」

どうするんだよ。

簡単と言ったのは、自分の人生をそんなに簡単に決めてしまっていいのかということだ。

ときどき僕は疑ってしまう。彼女が僕を家事や生活費を折半する相手として見ていて、自分の活動により注力したいだけではないのか、と。そして慌てて自分を否定する。僕が彼女を好きになったのだ。僕は彼女が社会奉仕をすることに嫉妬したりはしない。

美咲はモルトを僕の部屋にキープするようになった。別にかまわないよ、とは言ったが、彼女が飲み始めると忘れていた問題がくすぶり始めたような気分になる。

「帰るのが寂しいから飲むの」

と、彼女は言う。

「ずっと一緒にいたらきっとそんなに飲まないよ」

「そうかなあ？」

「ねえ」

「うん？」

「いつか一緒に住めるよね」

「一応考えてるよ」

「ちゃんと考えてよ」

「そうだね」

「頼りないなあ」

「僕は頼りないよ」

もはやスクラブルでさえ楽しめなかった。QUERY「不審」のRを使って僕はSORDID「下劣な」を作った。DEFTLY「器用に」のFを使って彼女はFOP「気取り屋」を作った。

「なんか、ひねくれた単語ばっかり出てくるね」

と、美咲は言った。

笑えなかった。

「お互いひねくれてるからじゃないか？」

そう言うと美咲は黙ってしまった。

もちろん普通の単語もあった。ZINC「亜鉛」とかAPEX「頂点」とかOWLET「フクロウの子」とか。

しかしSPITEは「悪意」で、GIBEは「嘲《あざけ》る」だった。DEFAMEは「誹《そし》る」だった。辞書をめくってもそんな単語ばかりが目についた。僕は意味を成した手持ちの単語を解体した。とげとげしい言葉を美咲に見せたくなかった。もっと無害な言葉で自分たちを守りたかった。

逆に言えば、そんなことで守りたいほど僕らは追い詰められてきていたのだ。

　ゲームは美咲が勝ったが、彼女はいつものように喜ばなかった。

「なんか一人で飲むのも寂しいな」

　新しい氷をグラスに入れて、モルトの続きを飲みながら彼女は言った。その言葉は僕に向けられたものではなかった。彼女は僕の部屋で飲みながら、たった一人でいるような顔をしていた。

「無理に毎回、飲まなきゃいいだろ」

　僕はゲームを片付けながら言った。

「んー、でも飲んだ方がなんか、空気がまるくなるっていうか。自分も無理しないでいられるし」

「そう？」

「広生も飲める人だったら良かったのに」

「蟹アレルギーの奴にも同じこと言える？」

「そりゃ言わないけど。でもお酒って飲めないより飲めた方がいいと思うな。タバコは全然そう思わないけど」

「不可能なこと言われても困るよ」

「そうやってすぐカリカリするじゃん」

「カリカリなんてしてないよ」

また別の日には美咲は飲んで饒舌になる。陽気だが神経質だ。活動の話ばかりになる。子どもたちの話をしたかと思うと、関連する役所への不満を吐き出し、活動に非協力的な人の悪口を言いつのる。

「金が絡まないから、余計難しいんだよな」

と、僕が言ったとき彼女は、信じられない、という顔をした。

「お金なんかのためにやってる人なんて誰もいないよ。そんな計算ずくじゃないんだってば」

「でも、信念だけじゃ何もすすまないと思うんだけど」

僕は言ったが彼女は答えなかった。

どれだけのエネルギーを注いで、どれだけの結果を引き出すか、労力というのはお金で計算するのが一番わかりやすい。経済というのは社会を表現するのに必要な文法なのだと僕は言いたかったが、専門分野でもないのでうまい言い方が見つからなかった。

彼女はお金のことを考えることが汚らしいように言う。それは短絡的でちょっとだけ愚かだと思う。

愚かが悪いわけではない。

いいことをしているのだ、彼女は。いいことをしていると思っているから、何も疑わないで済むのだ。

僕はその、他人へのむきだしの善意と、社会へのむきだしの悪意の前で不安になる。善意には際限がないようでおそろしい。

悪意というものは怒りと同じでモチベーションを保ち続けるのがおそろしく難しい。ところが善意というものは、ときには人を傷つけながら、人の自由を侵害しながら、イナゴの大群のようにすすんで行く。

ときには、だ。美咲はイナゴでも軍隊アリでもない。

その善意は、手芸用品店の母の親切とは全く異なって痛々しい。母は善意で親切なのではなく、口コミの力を知っているのだ。美咲の言い方を借りれば計算ずくなのだ。母が面倒を見て、できあがったお弁当袋や小物入れがちょっとした話題になり、小さな子どものいる新しいお客が母を頼ってくることをちゃんとわかっているのだ。母の店で扱っているものは、特別なものではない。どこで買っても同じだ。母は決して「うちだけですよ」なんてことは言わなかった。

彼女は、彼女たちは、不幸な子どもたちのためには「自分しかいない」と思っている。「自分だけができること」と思っている。それは彼女が今なお、誰かに頼りたいことの裏返しではないか。自分がして欲しいことを人にしている。そうやって結局は自分を支えている。

美咲はすらりとした足を組んで、白ワインを飲んでいる。酔っていないふりをするけれど目が赤い。

彼女のやわらかい頬や耳たぶが紅く染まっているところを見るのは好きだが、キスをして酒臭い息を嗅ぎたいとは思わないし、十一時には寝たい。僕にもリミットというものがある。

なぜか性欲が起きなかった。酒に酔った彼女と僕の間の距離がへだたりすぎていた。対岸に届かない橋を架けたくなかった。

「送って行くよ」

と、僕は言う。

「泊まって行ったら邪魔なの？」

「だって明日会社だろ」

「大丈夫だって。まだ早いもの」

「だめだよ、今日は」

僕のベッドは二人で眠るには狭い。翌日寝不足になってしまう。何より僕はいつまでもだらだら飲む彼女を見ていられない。

「せっかくリラックスしてるのに」

いいや、それはだらしないと言うんだよ。


「ねえ、メグさんと喋る？」

と美咲が言う。

「電話？」

英会話なんてできないぞ、と思っていると、

「スカイプだから大丈夫だよ」

と美咲は言って、バッグの中からノートパソコンを取りだした。

「あ。メグさんいる。早く早く。こっち座って」

スカイプの画面に現れた「メグさん」は、立派な肩幅と大きな鼻をした婦人だった。どこかの国のファーストレディと言われてもおかしくないような厳しい表情と貫禄だ

った。

挨拶だけはなんとかできたが、「メグさん」という呼び方を聞いていて、カジュアルで気さくなお姉さんを想像していた僕は、不自然なタイミングで更新される画面の彼女の猛禽のような目の動きと、意外なほど甲高い声に戸惑いを隠せなかった。

「彼はシャイなの」

美咲が英語で言って笑った。

僕は画面の人に向かって拙い英語で、美咲と同じエレクトリックケトルやライスクッカーのメーカーで仕事をしている者だと言ったが、「メグさん」にはピンとこないようだった。そういうときに日本人のようにどっちつかずな笑顔は使わないことに、僕はあとから気がついた。

美咲は自分の仕事の話なんてしていないのだ、僕はようやく気がついた。僕を恋人として紹介したかったんだろうけれど、見知らぬ人に向かって画面越しに僕はダーリンでございなんてことは言えない。

会見は失敗に終わった。

彼女がメグさんと話し込んでいるのを横目で見ながら、僕は自分の部屋なのにやることがないような気がしていた。

ちょうど、彼女が僕の部屋で飲むとき、一人ぼっちみたいな顔をするように。

そして嫌な人のことを思い出した。いつも大福餅を土産に持ってくるので、我が家では「大福さん」と言われていた。町内清掃や行事に出てこないので父はひどく嫌っているが、大福さんは母と長話をしにやってくる。母が商店街の細かいことで愚痴を言うと、大福さんは必ずこう言った。

「だけね、それはセンセイに頼んだらいいとっちゃ」

大福さんは、浜地なんとかという県議会議員の支持者だった。

いつでもカメラを持っていて、ゆゆしきものがあれば証拠写真を撮る。そして何でも陳情する。

陳情というとすごいことみたいだが、内容といえば犬の散歩のルールや、ゴミ屋敷のことや、大して車が通ってもいない道に右折車線を作って欲しいことなんかだ。聞かされるセンセイはさぞかし大変だろうと思う。けれど大福さんは設置されたいくつかの看板を自分の手柄だと思っているし、どうかするとセンセイに自分がアドバイスしてやっているくらいの態度を取っている。もちろん議員は有権者のために働いているのだ。センセイは立派な人だけど皆の血税で食っているのだ。

それは嘘ではない。だから誰も大福さんに文句は言わない。だが、何かが違う。センセイが偉いと大福さんも偉いのだろうか。

僕はそんな大福さんが信用できなかった。

選挙の時期になれば、大福さんは我が家の票だけでなく、例えば僕の少年野球の名簿、妹のクラスの名簿も集めに来る。かなりしつこかったが、これは父が断固として断った。

「浜地センセイっち、どんな人なん？」

と父に聞くと、父は土産の大福餅をひとつつまんで、

「大福の食い方、教えちゃあ」

と言った。そして片端を小さく食いちぎって飲み込むと、そこからぷうっと息を吹き込んでまるで風船のように大福をふくらませてしまった。あっけにとられて僕と妹が見ていると、父は、パン！　と音をたててふくらんだ大福を叩いた。煎餅のように平らになった大福餅を、父はうまそうに食べた。そして言った。

「あんこが隅々まで行き渡っとうけ、うまい」

僕と妹は笑った。母は本気で厭な顔をして、

「子どもにそんなこと教えてから」と言った。

「ねえ、今週末ってあいてる？」

どこにも行かずに昼間からセックスした後、ベッドの中で彼女が聞いた。僕は半分眠りながら、

「日曜はあいてるよ」

と答えた。

「東京行かない？」

「なんで？」

「一緒にボランティアやろうよ」

「ボランティア？」

「幕張で国際こどもバザーってイベントがあるの。スタッフの人数が足りなくてさ。簡単なことなの、入り口の誘導とか、ゴミの片付けとか」

「だからなんで？」

「なんでって？　困ってるから。私が」

「なんで僕が行かなくちゃならないの？」

「え？　だって、一回くらいつき合ってもらってもいいかなって。あと、まだ会って

ない仲間にも紹介したいし」

「説明になってない」

言ってしまってからきつい言い方だったかなと思う。

二重《ふたえ》の奥の濃い瞳が、明らかな不満の色を浮かべて僕を見つめた。

だけど僕には意味がわからない。なぜ僕が協力しなければならないのか。いいこと悪いことではなくて、なぜ僕なのか。

彼女は体を隠すようにタオルケットを引き寄せて、起き上がった。そして散らばった下着を拾い、身につけ始めた。さすがに僕も起き上がった。

「いいよ、もう頼まないから、迷惑だったんだよね？　ごめんね！」

「なんで」

「なんでなんでって言うけど、こっちが聞きたいよ。じゃあなんで広生は私の気持ちわかってくれないの？」

「え、ちょっと待ってよ。日曜日の予定の話だろ。それがなんで君の気持ちの話にすり替わるんだよ」

「もういい、話してるとイライラするから」

立ち上がってニットのワンピースをかぶり、僕を見下ろした。

「帰りたいの？」
「どうでもいい」
「送ろうか？」
「どうでもいいって言ってるでしょ！」

彼女が帰った後、僕はジャージを着て、冷凍庫のフリーザーバッグを探した。こちこちに凍った重い塊は美咲のお土産で、いつかバーベキューにしようと言っていた軍鶏の骨付きだ。鍋に放り込んで水を入れ、強火で沸かした。

それから猛烈に野菜を刻んだ。タマネギ、ナス、トマト、ニンジン、セロリ、ジャガイモ、ニンニク、ショウガ。何も考えず包丁を動かした。目を上げると窓の外が真っ暗になっていた。刻み終わった野菜は中華鍋で炒めた。鍋から軍鶏とそのスープを注いで煮込み、文化鍋で米を炊いた。カレールーと刻んだ唐辛子と八種類のスパイスと三種類の隠し味を入れて弱火にした。

そうやって僕は、中華鍋いっぱいのカレーを作って食べた。熱すぎて辛すぎて味なんてわからなかった。やけ酒というのもきっとそんなものだろうと食べながら想像した。

三杯目を食べてようやく気が済んだ。窓を開けて汗を拭いた。

「なにやってたんだろ、俺」

人生で初めて「俺」という言葉が口をついて出た。


二月中旬に内示が出た。噂されていた僕の異動はなかったが、梶原さんが大阪支社の人と入れ替わることになった。

松本さんは、マレーシア工場に赴任が決まった。肩書きは副工場長になる。

「おめでとうございます」

と言うと、松本さんは、

「外国に行くのはいいけど、立場が中途半端だなあ」

と苦々しい顔で言った。

「栄転じゃないですか」

「もっと現場に近い方がいい」

下戸の会で送別会をしたいと言うと、

「まだ先だよ」

と言ってあくびをした。

「ですよね。でも希望があったら、旨い店でも予約しますよ」

「花見しようぜ」

「花見って、福岡堰とかですか？　あそこ混みません？」

「静かでいい場所があるんだよ。バーベキューでもやろうや。あと全員コット持参」

「コットってなんですか？」

「軍隊ベッドだよ。折りたたみの」

松本さんはメモ帳を出して、コットの組み立て図をさらさらと書いた。構造はわかったがそんなものは誰も持っていなくて、それぞれが人から借りてくることになった。アウトドアなんてやってるのは所詮、酒飲みばかりなのだから。


僕も週明けに課長に呼ばれた。ひょっとしてタイミング遅れの内示かと思ったが、有休を全く消化していないことを指摘された。有休なんてと思ったのが顔に出たらしく、そういうことも含めての業務なのだと諭された。労働局から指導が入ったら困るだろうと。そして半ば強制的に五日間の連休を取らされた。

ほかにやりたいこともなかったので、僕は久しぶりに実家に帰ることにした。

久しぶりの帰省だった。正月は帰らなかったし、一月末に父が胆嚢全摘出の手術をしたときには、一週間の入院だし、来ても何もできないのだから来なくていいと言われた。以前から健康診断でポリープが見つかっていて、一センチになったらするように言われていた手術だった。太宰府の祖母も昔、同じ手術をしていたので誰も慌てたり必要以上に不安がってはいない様子だった。手術に立ち会えないのは仕方がないと思っていても、後ろめたい感じはあった。順調に回復していると母から電話はあったけれども、一度は父の様子を見に行かなくてはと思っていたのだ。

時間はたっぷりあるので、クルマで帰ることにした。

片道十八時間のドライブは僕をすっかり生き返らせた。

常磐道から首都高に入る。渋滞を我慢して都内を抜け、東名に入る。普段見ない車のナンバーは僕の行き先を指し示す海鳥のようだ。沼津ナンバー、相模ナンバー。富士山は今日は曇っていて見えない。浜松ナンバー、尾張小牧ナンバー。牧之原の長い上り坂を越え、浜名湖を渡ると名古屋が射程距離に入ってくる。三河ナンバー、飛騨ナンバー、滋賀ナンバー。名神の養老サービスエリアを過ぎると小さいパーキングがいくつも続く。京都ナンバー、なにわナンバー。天王山を越えて大阪から神戸はあっという間だ。姫路ナンバー。岡山を過ぎて、そこからが結構長い。島根ナンバー、福山ナンバー。関西圏は少し走るだけでどんどん知っている地名が過ぎていったのに、広島も山口も知っている地名が殆どない。走っている実感がだんだん薄れてくる。佐世保ナンバー、久留米ナンバー。果てしないように思えた山陽自動車道にも終わりはちゃんと来て、僕は関門橋で海を渡る。九州に入ったというだけで、なんだか体の中があたたかくなる。家が近づいてくる。

冬の北九州はいつもどんより曇っている。

色彩を押さえてぎゅっとボリュームを下げたような、変わらぬ街に僕はスピードを落として帰って来た。父の駐車場にはなぜか赤い日産キューブが停まっていた。

「どうしたん、あれ」

家に入るなり、どういう心境の変化かと思って聞くと、

「高橋さんとこの奥さんが目が悪くなったけ、手放したんよ」

と言った。

「えらい似合わんねぇ」

父はずいぶん痩せたようだったが、言わない方がいいと思った。

「体の調子はどうなん」

「どうもない」

「食べよん？」

「油っぽいもんは無理やけど、仕方ない」

「酒は」

「酒はいけん。おまえと同じになったけ」

「下戸になったん？」

「ああ、下戸になった」

父はしわしわと笑った。


実家は古びてはいたけれど、基本的に何も変わらなかった。

千春は小倉の雑貨店で働きながら、空いている時間はクリーニング屋の仕事を手伝っていた。ばたばたと店を閉める音がするとすぐに、千春が上がってきて、

「珍しい人がおる」

と言った。

「ただいま」

「どうしたん？　会社クビになったん？」

「まさか。強制的に有休消化せえっちゅうけ、帰ってきた。おふくろから聞いとらんと？」

「聞いたけど」

そう言って千春は冷蔵庫からビールを出してプルタブを引いた。

「なんか飲む？」

「お茶があるけ、いい」

妹はぐいとビールを飲んで僕に言った。

「ねえねえ、まだ結婚せんの？」

「とりあえずそういう話はない」

「なんね、それで帰ってきたんやないん」

「違うちゃ」

「あっちに彼女おらんの？」

「おらんこともないけど」

「へー。どんな子？」

「いい子やけど」

「美人？」

「美人ってタイプやないけど。おまえはどうなん」

「私？　それどこやないけ」

そうだ、この家は貧乏で忙しいのだ。僕は月に五万円を自動送金することと引き替えに忘れてしまっていた。店は儲からないし、両親には退職金もない。働き続けるしかない。

しかし、昔からそうだが妹は自分で聞いておいて、頭から冷水をぶっかけるようなことをする。

昔、僕がいた部屋は納戸がわりになっていて、段ボールや使っていない家具の間に布団を敷けば床が埋まってしまう。寝ころんで、かばんに入れっぱなしだった携帯を開くと、美咲から四件の着信が入っていた。折り返そうとしたとき、ドアの向こうで母の声がした。

「広生」

「なん？」

僕は寝たまま答えた。

「毛布、足りんやったら言わなよ」

「大丈夫」

「お風呂は」

「後で入るけ。落とさんどって」

まだ何か言いたそうだったが、僕はおやすみと言った。

母の気配が消えてから美咲に電話した。

「ごめん電話できなくて」

「どこにいたの？」

「今、実家なんだ。休みとってさ」

美咲はちょっと黙った。それから、怒った声で、

「どうして」

と言った。

「おやじが手術してから帰ってなかったから。様子見に」

「え？ 何の手術？」

「胆嚢」

「私、聞いてない」

美咲の声がますます堅くなった。

「いずれするのはわかってたし、大した手術じゃなかったんだよ」

「どうしてつき合ってるのに、そういうこと黙ってるの？」

「わざと黙ってたわけじゃないけど……」

「休み取るのだって実家に帰るのだって聞いてなかった」

「急に決まったんだ」

「メールくらいできるじゃない。なんで言ってくれないの？」

ごめん、と言えば少しは状況がよくなるのはわかっていた。でも言いたくなかった。僕は何の約束もしていないし破ってもいない。彼女は会社で僕は有休だ。なんで自分の実家に帰るのに、いちいち相談しなくちゃいけないんだ？

「また電話するよ」

言い終わらないうちに向こうから電話が切られた。

僕は千春に充電器を借りに行こうと思って、やめた。

「あんた、ちゃんとしたもん食べようと？」

翌朝、僕がテレビを見ていると母が言った。

「うん。まあそれなりに」

「食べたいもんあったら、買いに行くけ」

「がめ煮」

「そんなんでいいと？」

「あっちにはがめ煮がないんちゃ。あるやろうけど、全然食べよらん」

「お刺身は」

「そら食べたいけど。買いもん行くなら車出しちゃろうか？」

「じゃあ、お願いしょうかね」

千春に店を任せて母と八百屋に行き、魚屋に行き、昔からある地元のスーパーに寄って、少しドライブをした。

自販機で母にはあたたかいお茶を、自分にはコーヒーを買って、海浜公園の東屋《あずまや》で飲んだ。風が吹いていたが、それほど寒いとは思わなかった。この季節の海はいつも灰色がかった重い緑色でうねっている。よその人が見たらただの陰気な海だが、どれだけ豊かな魚で溢れているか、僕らは知っている。

母はジャンパーのファスナーを引き上げて、首を縮めた。僕は身をかがめてタバコに火をつけた。

「ここも昔はよう来よったね」

風の中で母がそう言って目を細めた。

「花火しよったね。みんなで」

僕は答えた。

花火を振り回して妹と走り回った夏の夜のことが、自分の経験ではなく昔見た映画のシーンかなにかのように感じられた。

「そうやったかね」

「うん」

しばらく黙っていた母が言った。

「お父さん、歳とったんよ」

「そうかね？」

「あんた、思わんやった？」

「多少は歳とるやろ。僕が三十なんやけ」

「そうかねえ」

「最近はふらふら出ていかんと？」

「手術してからトイレが近いけ、気にしてから出かけんとよ」

「不便やね」

「気にしすぎち思うっちゃけど、本人しかわからんことも多いけね」

「少しずつよくなるっちゃないと？」

「このままお父さんが老人になるんやないかち思ったら心配でねえ」

母はため息をつく。

そうか父のためではなくて母のために帰ってきたのか、と僕はようやく思った。もう少し頻繁に帰ってこなくてはいけない歳になったのだ。飛行機には乗らないとしても、新幹線でも夜行バスでも使って。

それからの二日間、僕はだらだら過ごした。スクラブルをするかと誘ったけれど、父は老眼で辞書を見るのが億劫になったと言った。

小倉の街にはふらりと行ったが、博多はなんだか行く気にならなかった。平日にいきなり友達に電話するのもはばかられた。

美咲とは連絡を取らなかった。メールを出そうかと思ったが、ごめんから始まる文章を考えるのに抵抗があった。

四日目の朝、遅い夜明けを待って家を出た。つくばに帰るのが憂鬱だった。

三月の最終週の日曜日に、松本さんの送別花見をした。

松本さんが知っているという「いい場所」というのは廃校になった小学校だった。

建物はそのまま保存され、今は集会所として使われている。

狭い校庭を桜の老木が取り囲み、淡い花がこぼれんばかりに咲いていた。

「おお」

「なんか勿体ないみたいだな」

口をぽかんと開けて桜を眺めている僕たちに、松本さんは言った。

「まず、掃除だ」

管理をしている近所の人から借りてきた鍵を開け、小学校の校舎に入った。

「鳴海はモップ」

「鷹巣は雑巾で机を拭いて、その後窓掃除」

「大島は下駄箱と外回りを箒で掃く」

「松本さんは？」

「俺は便所掃除とゴミ集め」

松本さんは、管理人に「全校掃除と花見」という条件で交渉してきたのだった。

「さぼったら校庭十周」

汗と泥と粘土とヨーチンの混じった子どものにおいがしない小学校だった。机と椅子を移動して、僕は丁寧にモップをかけた。この場所にいることが不思議で、しかし楽しくて、僅かに汗ばむのも心地よかった。

掃除を終えて、モップを洗い、立てかけて干してから、子どもの身長に合わせた低い流しで手を洗った。

「レモン石鹸がないね」

僕は言った。

「赤い網に入ったやつですよね。懐かしいな」

大島が、手をこすり合わせながら笑った。

外に出ると、松本さんは年期の入った七輪で火を熾《おこ》していた。僕らは椅子を組み立て、それぞれ持ち寄った食べ物を出して七輪のまわりに集った。

野郎だけのバーベキューは肉ばかりだった。みんな肉しか持ってこなかったのだ。牛カルビを食べ、地鶏を食べ、ソーセージを食べ、ホルモンを食べ、極上のバラ肉を食べ、どんだけ食うんだ、もういい加減にしろよと笑いながらとにかく食べた。

最後は松本さんがうまいコーヒーを淹れてくれた。

満腹になって、コットを広げた。そうやって、あっちに一人、こっちに一人と寝そべった。

視界は桜の花で一杯だった。

「ああ、幸せだな」

鷹巣が言った。

「幸福なる豚どもめ」

と松本さんが言った。

「そうだ、松本さんどうすんですか？」

大島が言った。

「なにを？」

「彼女ですよ。いよいよ結婚ですか？　まさか遠距離ってことはないでしょ」

「なんだそんな話か」

「僕らにだけでいいから教えてくださいよ」

「俺はこのまんまだよ」

「でも、マレーシア何年になるかわからないんでしょ」

「まあ、そんな簡単なもんじゃねえんだよ。誰にでもいろいろあるんだ」

しばらくして、鷹巣が言った。

「寒いよ」

「帰るか」

「やっぱり飲まないから寒いのかな」

「飲んだって寒いさ」

すると大島がちょっと笑いながら、

「なんか、俺たち相部屋で入院してるみたいですよね」

と言った。

「やだよそんなの」

僕が言うと、みんなが笑った。

松本さんがいなくなったら、下戸の会を仕切る人がいなくなることを誰もがわかっていた。目的もないこんな集まりがずっと続くわけがないのだ。だがその希薄さの居心地が良かった。退院してしまった患者は、よほどのことでもなければ同部屋のメンバーで集まったりはしない。

美咲から突然の電話が入ったのは四月に入ってからだった。友達の結婚式に来ていて、五時には終わるから迎えに来て欲しいとのことだった。行きは友達と乗り合いだったと言う。

記念病院のそばに結婚式場なんてあったっけと思いながら出かけると、派手な建物があって、どうやら僕が鈍かっただけだとわかった。

久しぶりに会った美咲は、髪をアップにして、ターコイズブルーのひらひらしたドレスを着ていた。ずいぶん大人っぽく見えた。

「すごいね、化けたもんだね」

「もうちょっと褒めてよ」

「きれいだと思うよ。びっくりした」

「そう？」

「学生時代の友達の式？」

「うん。高校の友達。でも二次会は会社の人が多いって聞いたから遠慮しちゃった」

「そっか。どこ行く？」

「こんな格好してるから、ホテルのバーがいいな」

「オークラとか？」

「うん。オークラがいい」

車を走らせる、というほどの距離でもなかった。オークラのバーは下戸の僕には落ち着かなかった。彼女をエスコートする、という格好をしているわけでもない。

美咲はカクテルを飲みながら友達の結婚事情について語った。相当今日の式で触発されたようだ。

「もう、残ってる子って限られててさ。よっぽどキャリアの子とか、あとはすごい高望みしてる子とか。それなりの子はみんな決まりそうな感じ」

ひとしきり再会した同級生の話をした後、美咲は今日の式のことを話した。

「でね、新婚旅行はモルディブだって」

モルディブってどこにあるのだろう、と僕は思った。アフリカのそばにある島か、あれはマダガスカルか。

「まさか同じことしたいってわけじゃないでしょ」

「そうじゃないけど、モルディブなんて羨ましいよ。大事にされてるって思うじゃん」

「モルディブ行くのって、大事にされることなの？」

「広生って、なんにもわかってないね」

僕が黙っていると美咲は大きな声を出した。

「前から思ってたけど。海外のことになるとムキになって拒絶するよね。気に入らないんだよね。飛行機が怖いだけで、旅行のことも私のNPOのことも。私が一番大事にしてることなのに」

バーマンがこちらを見たので美咲は目を伏せた。

「あたしたちって」

声のトーンを改めて美咲が言った。

「え？」

「楽しいことが、なんにもないよね」

三ヶ月前にビンゴを作った単語が浮かんだ。

「例えば？」

「だってさ、これからずっと一緒にいるとしたら、別行動なんてやだもん」

「今までだってあちこち一緒に行ってただろ」

「そうじゃなくて。旅行だって行きたいってこと」

「もう飛行機のことはいいだろ。仕方ないんだから」

そんなこと言ったら、魚のことを思い出すよ、僕だって。大津漁港にドライブに行ったときだよ。あらかじめ言ってくれてたら何とも思わないけど着いてから刺身も寿司も嫌いだなんて言われて、ショックだったよ。立ち直れないほど。漁港に行ったのに何を食べろって言うんだ、どうしろって言うんだ。

と、僕は言わない。

言ったら不毛な議論が始まってしまう。

僕はあらゆる不毛なことが嫌いだ。それを避けるために自分のできることとできないことは把握していたいし、一番近くにいる人にはそのくらい伝えておきたい。

「飛行機も体質だって言うけど違うよね。あれって単なる気の持ちようでしょ。一度ダメだったってだけでしょ。酔い止め飲むとか、すごい、なんにも努力してないんでしょ。私と一緒に行けば怖くないかもしれないじゃん。すごい、自分で何もかも決めつけて、あれはダメこれはダメって。なんて言うのかな、閉じてるよね、世界が。わかんないじゃん、もっと楽しいこととかあるかもしれないじゃん。一回ダメだったら諦めるの？　いろいろやってみようってしないのね」

「そんなにまでして、海外って行きたい？」

焼き畑農業のように土地を荒らし、文化に火をつけて移動していく団体旅行の列が僕の脳裏に浮かんだ。

そして自分が一番嫌いなものがわかった。

ポジティブな不毛。

「だからさ、どうして自分の都合しか考えてないの？」

「ちゃんと考えてるよ。僕の方がいつも譲ってると思うけどな。嫌なことはさせたくないし、自分もしたくない。美咲は自分がしたいようにしたらいいんだよ。僕が反対したことないだろ」

「お酒だって本当は飲めるんじゃないの？　ただ、飲みたくないって感情で言ってるだけでさ。適量とかペースとかがわかんないから、食わず嫌いになっちゃってるだけなんじゃないの」

彼女が飲むのに文句をつけたことは一度もない。飲んでかまわない。全然かまわない。

ただ、僕に求めるな。僕にポジティブを、僕に不毛を求めないでくれ。

「いつも広生は自分のことばっかりで、自分はあれができないとかこれが苦手とか。どんだけ私がそれで辛い思いしてるか」

繰り返しが泣き声になった。美咲が睫毛を震わせるのを僕は見た。

「だから私だけがいっつも我慢して」

それが自己憐憫の涙だということはすぐにわかった。

「我慢なんて、してたの？」

「今更何言ってるの」

ヨコのカギがない。

クロスワードが交わらない。

散らばったアルファベットのタイルの一枚一枚は何の意味も示さない。

いい意味も。

悪い意味さえも。

HOPELESS
僕はため息を飲み込んで言った。

「解釈はどうでもいいけど、僕を巻き込むな」

そして何でもかんでも将来に結びつけるな。

すると彼女は言った。

「そうやっていつまでも超然としてればいいよ。私は、もう合わせせられないけど」

超然ってなんだ。

僕が超然としてるって？

どういう意味だ。僕が偉そうに世の中を見下しているってことか。美咲を突き放したと思っているのか。誰にも共感することなく、自分の範囲だけを守っている男だと言うのか。

ひねくれていると言われたこともある。閉じてると言われたこともある。狭いとも言われた。ケチだとも言われた。確かに僕は豪快な男ではない。いい加減なことが嫌いなだけだ。

隔たり、それは確かにある。だってそれは生まれも育ちも性別も違うのだから仕方がない。だから自分にないところを好きになる。女の子っていいなあ、と素直に思ったし、どう扱っていいかわからないけれど大切にしたいとも思った。もしも僕がずかずかと彼女のプライバシーに侵入して、自分のペースで隔たりを埋めようとしたら彼女だって息苦しくてたまらないだろう。

合わせるだって？

仮に僕が超然としているとしよう。人に合わせてもらったり我慢してもらうような超然がどこにあるんだ。

しかし、僕はひどい言葉を口にしていた。

「結局甘やかして欲しいだけかよ」

言い終わる前に彼女は伝票を持って立ち上がっていた。

「最後くらい奢ってあげる」

最後ってなんだよ。

脊髄反射でそんなこと言っていいのかよ。

僕は美咲を見つめた。

彼女の顔に浮かんだ、歪んだ表情はやがて皮肉な笑みになろうとしていた。しかし僕がそれを見届ける前に彼女は踵《きびす》を返して歩き出した。

その背中に、ちょっと待てよ、と僕は言えない。

変わるよ、改めるよ、なんでも努力してみるよ、と僕は言えない。

作家の超然

1 雨雲

八月第一週の大学病院は、出国ラッシュの空港のようにごった返していた。

早めの診察を済ませた病人たちは精算のため窓口に列を作って待っていたし、桜の樹に囲まれたロータリーにバスが停まるたびに、新たな病人たちが一斉に正面玄関の自動ドアから入ってくる。最近オープンして賑わっていると言われるショッピングモールよりよほど大勢の人がいた。

裏手の通路は立体駐車場へと繋がっていて、そちらからも病人たちがひっきりなしにロビーへと歩いてくる。初診の受付を待つ集団はそれぞれが不調を抱えながらもどこか初々しく、はにかんだ表情を浮かべているようにさえ見える。再診の患者たちは一目でそれとわかるほど淡々としていて、手続きを済ませると無駄のない動きでエレベーターやエスカレーターに乗って上の階にある受診科へと向かった。

待ち合いで、おまえは長椅子の端に浅く腰を下ろして、読む気のない本を広げていた。天井にはレールが張り巡らされ、ちょうど懸垂《けんすい》式モノレールの車両のような箱が各科にカルテを搬送するために軽い振動音をたてて往復していた。最初の頃、おまえは物珍しそうにそれを眺めていたものだが、今ではもうすっかり慣れてしまった。

目を上げると、不自然と言っていいほど高い位置にテレビがあり、式典の模様が放映されていた。画面は夥《おびただ》しい数の鳩が弧を描いて飛んでいく広島の空を映し出していた。暫《しば》らくして紺色の制服を着た子供の姿がクローズアップされた。そして驚くほどのボリュームで作文を読む声が流れた。

「みんな、苦しんで、苦しんで、死んでいきました」

おまえは声を出してうめきたいような気持ちになる。だが眉ひとつ動かさない周囲の患者を見て、また居心地の悪そうな表情に戻り、本に目を落とした。

結果から言って首の腫瘍は小さな雨雲のようなものだった。一時的に激しい雨を降らせるとしても、やり過ごすという方法もあったのだ。

だがおまえは確かめずにはいられなかった。おまえは、いつだって叩き付けるような雨を横切って雲の向こう側の晴れ間を見つけに行くのだ。与えられた玩具を弄び、嚙み裂いて全てをバラバラにしないと満足しない犬のように、おまえは長さ六センチの腫瘍の構造と組織に心を奪われた。おまえは知っている。人体の異常ほどの魅力は、小説にも音楽にも絵画にもないことを。

あとになって、おまえは手術の直後に撮った腫瘍の写真を兄嫁から貰い、思う存分見つめることになる。その頃のおまえは因果関係の読めない神経の痛みや、感覚の不自然さをもてあましていたが、それでも手術という選択を後悔したことは一度もなかった。

写真で見た腫瘍は明るい肌色で、ずんぐりしていてややいびつな、ショウガの塊のような形状をしていた。おまえはこれを「ゴボウ巻き」と呼ぶことに決めた。ゴボウが神経であり、練り物が神経をまとめる「鞘」である。或《あるい》は、金色の細い電線の束をまとめる黒や赤のビニールの皮膜、あそこに腫瘍ができてしまったのですよ、と言ってもよい。

目で見える病気を説明するのはなんと楽なのだろう、とおまえは思い、深く満足するのだった。

首のぐりぐりはずいぶん前から存在していた。右肩よりは顎に近い場所にあって、そっと触れれば脈打っていた。人に気づかれるほどの大きさではなかったが、自分で見過ごせるほど小さくもなかった。ある日おまえが触れてみると、それは記憶にあるよりずっと大きくなっているように感じられた。そのときからぐりぐりはおまえの中心に居座って、常に注意を促す不穏な存在となった。

春先に仕事が一段落したときに、おまえは近くの病院に出かけて行って医師に相談し、MRIを撮ったのだった。そこでは腫瘍の存在がわかっただけで、それ以上の対応ができなかったので転院することになった。二軒目で「神経鞘腫《しょうしゅ》」という所見が出たものの、脊髄が専門の医師から手術なら大きな病院の耳鼻科がいいと紹介状を書かれ、おまえはまた初診の列に並ぶことになった。

三軒目の病院は設備が整っていた。造影CT、エコー、細胞診、採血、PETと検査は続いた。だが、それをどうするのか、方針も結論も出なかった。痛みやだるさといった症状のある疾患でもないのに、おまえは週に二度の通院を続け、気がついたときには思いのほか体力を消耗していた。それでも再診受付の列に並ぶほか、できることはないのだった。帰っても仕事にならないので、朝まだ暗いうちに起きて原稿を書いた。県外で人と会う予定は受診の曜日を避け、打ち合わせなら夕方の時間帯に入れた。ある日、もう限界だと思って尋ねると医師は、検査は続けるが手術はしない方がいいと言った。

「なぜですか？」

「失敗したら後遺症が残るからです」

「このまま様子を見ていたらどうなりますか？」

「腫瘍が大きくなるかどうかわかりませんが、なればどこかに障害が出るでしょうね」

　おまえは深く納得した。

　後遺症と障害というのは、患者にとって全く同じ症状であっても医師と彼の実績にとっては大違いなのだ。

　潮時だと思い、転院を申し出た。

　梅雨が明け、夏になっていた。

　評判のいい耳鼻科の医師がいると聞いて飛び込んだ県外の大学病院で、おまえは三軒目の病院からデータで持ち込んだPET検査の結果を聞いた。腫瘍は頸部《けいぶ》大動脈と大静脈の間に位置していた。腫瘍マーカーの判定からも良性という所見だったが、腫瘍が増大して症状が出た場合いくつかの機能が損なわれる恐れがあった。今度の医師は明快な口調で、嗄声《させい》と嚥下《えんげ》障害の可能性があると指摘した。

「それなら私の仕事には直接影響しません。大丈夫です」

おまえは言った。もちろん強がりだった。実際はそれらの症状について丹念に調べ上げていた。思ったような声が出ない恐怖、想像できない痛みに悩まされること、そして今から厄介だと思うのは食事の問題だった。食べられるものが制限されるのだろうか。外食は出来なくなるのか。たとえ締切当日であっても、自分のために特別食を作らなければならないのか。水や酒は飲めるのだろうか。小説を書くという仕事に直接差し障りがなくても、それらは十分に生活を脅かす要素だった。

これ以上心配しながら暮らすのは耐え難かった。何度目かの通院の日、おまえは医師に申し入れた。

「先生、手術をお願いしたいんですが」

「ふむ」

医師はメガネの奥の小さな目でおまえを見つめた。

「動脈と静脈の間にこんな大きな物が詰まってたら気になって来年の予定も入れられません。手術していただけませんか」

「そうですか。患者さんがやれとおっしゃるのであれば、やりますよ」

医師はそう言ってにっこり笑った。

手術が好きな医師だった。それは決して悪い意味ではなく、腕に自信があるのだった。カレンダーを見ながら手術日を決定するとき、医師はまるで家族旅行の予定をたてるように明るく、てきぱきとしていた。医師と自分の年齢はさほど変わらないはずなのに、おまえは父親の姿を思い出していた。

その日の診察のあと、おまえは看護師から今後の予定や書類の関係のことを聞いた。次に必要となるのは、手術の同意書と保証人だった。良性疾患で金額的にそれほど高額でなくても、保証人が必要なのだった。親知らずを抜くようにはいかない。全身麻酔の手術というのはそういうことだった。

家族の方がいいだろうと思い、久しぶりに長兄に電話をした。兄夫婦は有給休暇を取って東京から来てくれることになった。余計なことは何も言われなかった。

「通常、頸部の大動脈と大静脈は寄り添っています」

手術の説明の日、医師が最初に発したのはこんな言葉だった。

「そう、ちょうど倉渕《くらぶち》さんのお兄さん夫婦のようにね」

おまえは振り向かなかったが、兄がきょろきょろとその辺りを見回しているのが気配でわかった。

「ところで今回の腫瘍は、喩えて言えば、そのご夫婦の真ん中に時子さんが居座って仲を裂こうとしているんですね」

おまえは突然、胸を熱くする。

これは、物語だ。

主治医は語ることができる人だったのだ。

皮膚を切り、末梢神経を切り、筋膜を切り、血管を押し広げて神経とその鞘にできた腫瘍を取り除く手術の説明は、暖炉の前や、真夏の木陰や、打ち解けた者同士が集まる小さなバーでの物語のようにすすんでいった。

最初は一言も聞き漏らすまいと思っていたが、そのうちおまえは笑いの中に心を溶かし、気持ちのよい眠気に襲われた。滅多にないことだが、おまえは信用できる人に出会うと眠くなるのだった。

「傷跡のことを申し上げますと」

「傷跡なんかいいんです。気にしません」

「いえ、ご説明することになってます。ちょっとお首を失礼、ここですね。最初は気になるかもしれないけれど、一年、二年たてば、ここに首の皺がありますのでその皺に隠れます。そういうふうに切りますので。縦に切ったら傷跡自体は短いんですが、その方が目立ちますし、皮膚の流れというものがあるんですね」

医師は紙にさらさらと図を描いてみせた。

生地の裁《た》ち方のようだ。魚の捌《さば》き方のようだ。小説で言えば文体ってわけだ。

「皺に、感謝しなければいけませんね」

おまえはそう言って笑った。

兄夫婦とおまえが説明事項を了承すると、医師は入院のスケジュールを話した。

「前日に入ってもらって、ええ……前日は何もすることはないです。まあ、ゆっくりなさってください。検査は全部終わってますからね。それで翌日の午前中から手術です。手術が終わったあと、経過にもよりますが、四、五日くらい入院して見させていただくことになります。合計で一週間ということですね」

「手術って、何時間くらいかかるんですか？」

兄嫁が聞く。

「まあ、開けてみないとわからないんだけどね、六時間ってとこでしょうか」

本当に手術が好きな医者なのだ。職人のように、困難な条件や細かい作業に目を輝かせている。

「六時間も！」

「もちろん開けてみたら、大幅に時間が短縮する可能性もありますよ。ですので最長で六時間、午前中に始まりますので午後には終わると思っていてください」

「大手術なんですね」

と、兄嫁がため息をついた。

「私は意識がないから、関係ないですね」

おまえが言うと医師は笑顔のまま頷いた。

いっそ、その意識のないままで死んでしまったらどうだ、とおまえは思う。呼ぶべき親族はそこにいるわけだし、設備も整っている。一度は死ななければならないのなら、こんな楽な話はない。しかも物語のできる医師の手当を受けるのだ。我が身を哀れんだり、じたばたする余地はない。眠ったまま超然と死んで行く。

おまえはそんなことを考えて少し興奮したが、医師は話を続けた。

「倉渕さんご本人は後遺症のことを心配しておられると思います」

「はい」

「前回ご説明したように、三叉《さんさ》神経には触れません。ですからその部分での後遺症の心配は少ない。神経ですから絶対にないとは言い切れませんが。それから聴《ちよう》神経、これもまず大丈夫なはずです。心配なのは、声嗄れと飲み込みですね」

「飲み込みのことを一番心配しています」

「一時的な場合もあります。リハビリのことを心配されていたが……もちろん、必ず出るわけではない。これはなんとも言えないんです。ただ、あまりに支障をきたすようなら、うん。ことによると再手術してしまった方が早いかもしれません」

おまえは唾を飲み込んで、なるほどと言ったが、一度は三枚に下ろされるのである。もはや塩焼きになろうがトマト煮になろうが任せるしかないではないか、という気になっていた。

病院から出て市役所の近くの喫茶店に入り、おまえは兄夫婦に礼を言った。

「別に、ありがとうとかそういうのはいいんだ」

と兄が言った。

いつの間にか、父みたいな話し方をするようになった、とおまえは思う。

「こういうときは心配しないでいいの」

と、兄嫁が言った。

話が途切れてしまったので、おまえは甥のことを聞いた。

「トオルは元気ですか？」

「もう、にくたらしいくらい元気。今週からまた合宿なのよ」

「よろしく言っておいてください」

「ありがとう。元気になったらまた来てちょうだい。トオルも時子さんのこと、尊敬してるんだから」

自分の葬式のときも、この二人ならうまくやってくれるだろう、とおまえは思う。だが葬式どころかおまえは今、病気のために生きているのだ。健康志向の人々のことを長年鼻で嗤《わら》ってきたおまえだが、結局病気自慢をする老婆たちと同じ場所にたどり着いた。

病は自分の体の中にあり、自分だけの特別なものだというのに、すべてに優先させることができた。腫瘍はいつの間にか、おまえが乗ったことのないビジネスクラスに座っていた。ちょうど、小説によっておまえが「生かされている」と感じたように、今は病気がおまえを「生かしている」。おまえは病院で空いたベッドを探して倒れ込みたいほど疲れているが、同時にエネルギーに満ちあふれている。

2 歌うよそ者

手術の日程が決まると、おまえは早速年内の講演会や、身辺エッセイの依頼をキャンセルしていった。後遺症が出たときになって断りを入れて、見当はずれな同情をされるのが厭だったからだ。どんな仕事でもそうだが、単なる可能性の段階での断り仕事は厄介だった。「神経鞘腫」などという患者本人が生まれて初めて聞くような病名が通じるわけもなかった。たった一人で仕事をしているおまえは出版社だけでなく、新聞社、通信社、広告代理店、放送局、官公庁、図書館、学校関係などのさまざまな担当者から直接仕事の依頼を受けていた。面識のない依頼者に限っていつまでも粘り、手術の翌日に原稿を書いてもらえればいいのだから、などと言った。脳腫瘍が首にできたようなものなんです、と言うのは大げさで厭だったが、図々しい依頼者を黙らせるにはその言葉が一番有効だった。じゃあこれから後遺症大変ですね、まるで子供の受験のように依頼者は言った。それはまだ、わかりません。なんとも言えませんが、ご迷惑おかけするわけにいかないので。

年に数回、おまえは編集者に対して激昂することがあった。おまえにとってはそれが当然のタイミングでも、相手にとっては非常にわかりにくいことだった。どういうわけか、おまえは頭の中で交通違反の点数制のようなものを採用していた。相手が誰にでもわかるような失敗をしたときには点数を計上するだけにとどめておいて、次の軽微な違反をしたときに、現行犯で免許停止を言い渡すのだった。これは相手にとっては全く心外な対応だった。それは、父親がおまえの躾《しつけ》をしたときにとった方法とまるで同じだったことに、おまえは今もって気がついていない。

入院の支度をしながらおまえは日々を過ごした。

手術らしい手術をするのは初めてのことだったから、おまえは何がいるかと考えて注意深くリストを作った。それは全く、旅の支度のように想像力をかきたてられる作業だった。たとえば管や点滴で着替えがしにくいことを考えて、介護用品のコーナーで前がマジックテープで開くシャツを探し、マタニティ用品売り場でストラップが外せてフロントホックになっている仕様のブラジャーを買った。若い人しかいない雑貨屋に行って小銭入れと、蓋付きのマグカップとペットボトルホルダーを買った。家では箸やスプーンをふきんに包み、コーヒーやふりかけを準備した。タオルは洗濯できない場合を考えて多めに用意した。最後に、洗面具と院内で履くためのサンダルを入れると荷物は結構な量になった。

良性腫瘍の手術だからこんなことがのんびりできるわけで、「本番」のときはそれどころではないはずだ。次のときのためにこれは防災袋の横にとっておこう、とおまえは思う。身動きがとれなくて誰かに「入院袋」を持ってきて、と頼む日が来るかもしれないのだ。

短期の入院だったので多くの人には知らせなかったが、面会に来たいという友達もいなかったので気が楽だった。県外の病院にしてよかったとおまえは思う。さびしいという感情のない自分にとって、面会などは疲れるだけだろう。

読者たちからは手術がんばってくださいというメールが寄せられた。ストーカーたちはまた別の意味で心をこめたメールを送ってきた。想像上の後遺症に苦しむおまえを情熱的に描写し、お気の毒ですというメール、或はなんとかして病院の場所を突き止めようとするメール。いつものことだ。おまえはため息さえつかず、ノートパソコンを閉じる。

鞄の中のメモ帳には、殴り書きでこう書いてある。

「いつまでも二十歳や二十五歳だったら、誰だってすり切れてしまうだろう。三十歳や三十五歳で一旦、立ち止まったとしても、それは窓ガラスの上の蠅が秒単位の眠りに落ちることと大差はなく、また無軌道に飛びはじめるしかないのだった。

いくつもの、回避された終末論があった」

途切れた文章の「終末論」という言葉の先が示しているのは、おまえの二番目の兄のことに違いない。水たまりに落ちた薄い紙のようにあやふやで、どこに触れてもそのまま崩れてしまいそうだった若い頃の兄のことだ。

二番目の兄は、長い間おまえにとって特別な存在だった。

小学生のときの彼は、快活とは言わないまでも何人かは一緒に笑い合う友達がいた。家に遊びに来たこともある。ところが急に背が伸び始めた頃から、生まれつき悲しい音のする楽器のような人になってしまった。高校は途中から行かなくなり、抑うつ状態を訴えて寝ている日が増えた。だが、おまえにだけは変わらぬ口調で話しかけ、インターネットもなかった時代にどこで情報を仕入れるのか、ブランドの服や、外国製のポップな時計や、哲学の本を買ってくるように言いつけるのだった。若いおまえはその趣味の良さが絶対的なものだと思った。十代から二十代のはじめにかけて、おまえについての全ての決定権は二番目の兄にあった。部活のことも、どの大学のどの学部を受験するかも、どんな店に行き、どんな音楽を聴いたら人から一目おかれるかということも。おまえのことを本当に傷つけることができるのは兄だけだという理由で、おまえは兄を信じた。つき合う相手ができたときだけ、おまえは兄から隠れた。生理のときと同じだった。おまえは兄の恋愛について絶対に知りたくなかったから、自分のことも兄に隠した。

兄の部屋には文芸書がたくさんあった。日本のものも、翻訳のシリーズもあった。おまえは兄の部屋にもぐりこんで本を読むのが何より好きだった。真夜中の兄の部屋は秘密基地のようだった。おまえは兄と、嵐を避けて洞窟に避難しているような気がするのだった。

兄は特別な人だから、生きるのがつらいのだ。おまえは本気でそう思っていた。彼は勝手に不満や重荷を溜め込み、まるでバックパッカーがバイトでお金をためては旅に出るように自殺企図を繰り返した。そのたびに家族は消耗した。長兄は怒り、母はおろおろし、父は口を閉ざした。

学校のことで口論になってから、彼は父のことを「俗物」と言って嫌っていた。父も父で「あいつは出来損ないだ」と言ってはばからなかった。おまえは子供時代、父のことがずっと好きだったが、兄に同調して憎むようになった。それが、おまえが喜んで支払った代償だった。自分しか兄の味方はいないのだ、おまえはそう信じ込んだ。

「だって本当に死んじゃったら、取り返しがつかないじゃない」

おまえはそう言い続けた。自分だけが必要とされている、そう思った。それを世間では「依存」と言うのだと知り、自分の発言は酔っているようなものだったと認めるのには随分時間がかかった。

「呪」という字をつくづくと眺めたのは、おまえが「たまたま書いてみたら最後まで書けた物語」を出版社に送り、新人賞をもらったときだった。

二番目の兄はこう言った。

「世の中って、そんなに都合のいいものか？　おまえみたいなのが作家先生だと？　俺は心が汚いから僻むね。僻むし、妬むよ。俺なんかは。苦しい思いなんて何もしたことがないおまえが文学？　ちゃんちゃらおかしいよ。で、なに？　まだ書くわけ？　そんな気があるの？」「へええ」

それまで、世の中の方を向いていた兄の怒りが、おまえの方を向いた。

おまえは悲しんだ。

兄のことを傷つけてしまったことを悔やんだ。

だが、書くことはもうやめられなかった。食べることよりも、恋することよりも、なによりも書くことが楽しいのだった。

どこか遠くへ行ってしまわなければ、とおまえは思った。

実家から出て一人暮らしをしてはいたが、二本の地下鉄が乗り入れる私鉄の駅前のそこは、ちっとも「遠く」ではなかった。小説を書いて暮らしながら、おまえはその思いを悩ましく心に抱いていた。


大学時代の語学のクラスに田原麻希乃《たはらまきの》という子がいた。

「ねえ、出身どこ？」

講義のあとの教室で彼女がいきなり顔を近づけてきたので、おまえは目をそらして答えた。

「東京」

「江戸っ子？」

「父は滋賀県の出身。行ったことないけど」

「あーそうなんだ。うちの実家ってね、北関東のイナカなんだけど、倉渕村ってとこなのよ。それであれって思ったの。でも考えてみたらさ、うちの方はもともと倉田村と烏《う》淵《ぶち》村が合併してそういう名前になったから、倉渕って名字はないんだよね」

「ああ、倉渕村って聞いたことある。誰だっけ、幕末の人がいたんだよね。うちの父が大好きでよく話聞いたよ」

「小栗上野介《おぐりこうずけのすけ》だよ、それ」

「あっ、そうだったかも」

「いつかさ、実家帰るときおいでよ。ウチ広いし、近所にも温泉とかあるし、いいとこだよ。クルマあるからどこでも案内するよ」

おまえは田原の顔をまじまじと見る。この人は別世界から来たんだ。十八歳で免許を取る世界。近所に温泉がある世界。そして自分と同じ名前のついた村には、どんな暮らしがあるんだろう。

サークルやバイトは違っていたが、おまえと田原はよく一緒にいた。誘い合ってファミレスに行くこともあれば、公園の芝生の上で何時間でも話すこともあった。田原の率直で気取らないところが、おまえは好きだった。大学を卒業してからも、たびたび連絡を取り合い、時間があれば飲みに行った。

おまえが小説家になってしばらくした頃だろうか、田原はこう言った。

「すごいよね、ときちゃんが筆一本で生きてくなんて。全然思わなかったよ」

「なりゆきでそうなっちゃった」

「お兄さんどうしてるの？　真ん中のお兄さん」

「相変わらず家にいるけど……」

「ねえ。やなこと言うけどさ。あんたお兄さんのことひきずってる限り絶対、それ以上行けないよ」

「えーなんで？　関係ないよ。だって別に住んでるし」

「ううん、ときちゃんはわかってないけど、お兄さんと縁切った途端に有名な人になっちゃうと思う」

「まさか」

兄が結婚を反対する家族全員と絶縁した年、おまえは確定申告のための伝票整理をしながら、田原のその言葉を思い出して深いため息をつくことになる。収入は一桁増えていた。

偶然だろう。

それからまた数年過ぎて、田原が離婚して帰っていると連絡を受けたおまえは軽い気持ちで倉渕村の彼女の実家を訪れた。新幹線の駅で待ち合わせた田原は、東京ではもうあまり女性が運転するのを見なくなったえんじ色の四駆の車で待っていた。東京にいたときより少しふっくらして元気そうだった。

「意外に近いんだよ。今度大合併で村じゃなくなるし」

彼女は言った。

新幹線に乗っている時間は短く感じたが、車に乗り換えてみると景色があまりにめまぐるしく、賑やかな中心部から郊外へ、郊外から農村地域へと変わるので時間の感覚がわからなくなった。

「山がきれい」

おまえが言うと田原は鼻に皺を寄せて笑った。

「いつも見てるから何とも思わないけど」

だが、おまえの直感がこう言っていた。ずっと探していた「どこか遠く」というのはこういうところなのだと。

その夜、布団を並べて電気を消してからおまえは田原に言った。

「ねえ、この辺で住むとしたら、どこがいいのかな?」

「ええ?」

「本気で聞いてるんだけど」

「ときちゃん、やめてよ。あんた偉い人なのよ」

「人間関係とかってやっぱり難しい?」

「そんなことはないけど。むしろこっちって、さばさばしてるし、よその人にも親切だけどね。でもさ、ふつう考えないよ、こんなとこに作家が住むなんて」

「そう? じゃあさ、何度か通ってから考える」

「やめといた方がいいって。あんた東京の人なんだから」

おまえは暇をみつけてはやって来るようになった。駅前のホテルに泊まって何度も不動産屋をまわった。郊外に住む自信はなかったので、新幹線の駅から徒歩圏内の(田原はそういう場所を「お町」と呼んだ)場所で家を探した。昔ながらの住宅街に榛名山と浅間山がよく見える一戸建ての中古住宅があったので、さっさと生活の拠点を移してしまった。迷いはなかった。

田原の実家のシェパードは大層な年寄りだった。一日の殆どを玄関の土間で眠るシェパードは人間よりもずっと人間くさく、しかも濃密な死の気配がした。

「子宮の病気なのよ。避妊手術をしてやればよかったんだけど」

田原は言った。

自分こそ、そうしてしまえばいいのだろうか。

おまえは思う。

子孫を残さないおまえは、使わない子宮、使わない乳腺、使わない卵巣を取り除いてしまうべきなのだろうか。病気を予防するとともに、少しはおとなしくなるのだろうか。

しばらくして犬は死んだ。

「犬はね、庭に埋めてもらうのが一番幸せなんだって。獣医さんが言ってた」

だが、死んでからも犬は長い間、玄関でにおいを発し続けた。

それが苦痛で、おまえはだんだん倉渕には行かなくなった。

新しい土地での生活が落ち着くと、おまえにとっての生活はますます架空めいたものになった。おまえが見るものは、遠い煙突から出る煙のように熱もにおいもなく、ただ拡散しているだけだったが、おまえは瞬時にそれを言葉によって分解し、調理し、固定してしまうのだった。それはおまえが作る食事がおまえだけのものであるのと同じことで、他人にとっては必要のない日々のメモだった。人と会わない日が続けば、言葉は自分だけのためにあった。

もはやおまえにとって、東京もベイルートも同じなのだった。千葉もカラチもモンテビデオも、詩の言葉と一緒だった。

一日中言葉の仕事に埋もれながら、同時におまえは饒舌《じょうぜつ》であることを嫌った。何もかも説明してしまうことを嫌がった。

神社で願いごとをするとき、多くを祈る必要はない。自分の境遇や性格を説明する必要はない。

おまえは思う。きっと大昔は、人間の一人一人が神社だったのだ。言葉は少ししかいらなかった。簡素で清潔な暮らしをしていれば、ふと神が立ち寄ることもあったのだろう。

あまりにも言葉が自分の中に溜まり過ぎれば、歩いて飲みに行った。半年もしないうちに、適度な距離感を持ってつき合える友達が何人かできた。自治体からは講演や対談の仕事が来るようになり、そこでも多少の人脈はできた。

そうなってみると、必要な情報がすぐに手に入るのは東京ではなく、地方都市だった。さまざまな用事を効率よく済ませられるのもそうだった。事務的なことだけでなく、たとえば凝ったパン屋に行きたいとか、家庭菜園のことを知りたいだとか、郷土史に興味を持ったとか、果樹園から直接果物を送りたいとか、どこかが痛くなったとき誰に相談すればいいかとか、最近の小学校はどうなっているかとか、そんな情報も苦もなく手に入った。人口が少なく、一通りのものが揃っている街というのはそういうものだった。あたりをつければ、大概のことは飲み友達の知り合いだとか、仕事関係で世話になった人の親類だとか、そのくらいのつてで、ゆるくはあるが確実に繋がっているのだった。

こう君はなかなか、物知りである。

地元の大学に通う彼は、自転車を漕いでやって来る。そしておまえにメールを一本入れて「ちょっと待ってて」と言われれば、高台から川の方へ下りていく階段に座り込んで、汗をふきふきペットボトルのお茶を飲んでいる。おまえの仕事が終われば上がって話をして、帰って行く。

「倉渕さん、お助けじいさんって知ってます？」

「なにそれ？」

「あちこちにいたらしいんです。今でもいるかもしれない。じいさんだったりばあさんだったりする」

「何を助けるのさ」

「いろいろ。指圧ができたり、祈禱師だったり。昔、医者なんか高価でふつうの人はお金なんか持ってなくて行けなくてさ、何かあるとお助けじいさんのところに行ってたんだって」

「ご隠居みたいな感じかな」

「さあ、ご隠居だか現役だかはしんないけど」

或は、こんなことを言ったりもする。

「昔はさ、働けないけれど病気ってほどでもない人が、一人くらいは村にいて一日ぶらぶらしてたんですよね」

「うん。今でも海外行くとそうだよね」

「簡単なことをさ。木の枝切ったり、物を運んだりそういうのを近所のおばあさんとかから頼まれて、お駄賃もらったりしてね」

「ああ、そうだね」

「俺、そういう隙間っていいなと思うんです。できたら自分がそうなりたい」

「一度働いてから考えな」

「まあ、そうなんだけど」

就職かあ、やだなあ、とあくびをしながらこう君は帰って行く。

地方都市においてよそ者として暮らすのは気分のいいことだった。おまえはそれなりに顔を知られていたが、誰もおまえの過去には関心がなく、ここに来たときからのことだけが大事なのだった。

実際に何を言われているのか、言われていないのか、もちろんおまえは知らない。そんなことは架空でさえない、妄想の領域だ。

気楽なみそっかすであるおまえの役割はただ、よそ者のつとめだ。

産物を愛で、気質を愛でること。それはよそ者のつとめだ。歌うことだけだった。風景を愛で、ものを作るということに少しの驕《おご》りもあるのかもしれない、おまえは編集者に対してはしばしば傲岸不遜な態度を表した。だが土地と、土地の人に対しては同じ人間と思えないほど謙虚だった。その謙虚さは、何も考えないことから発した。おまえは思考を停止して、ただ土地に対しては従順に受け入れることができた。

おまえは町の片隅で毎日歌うのだった。

きまりきった歌でかまわない。

日本がキライだという外国人は歓迎されない。だが、たとえ刺身や漬け物が食べられなくても日本が好きだと言い続ければ、淡い人間関係の中でそれなりに愛される。それ以上のものが必要だろうか。

もとより社会は、おまえから遠く離れたところにあった。おまえと社会はただ、税金だけで繋がっているのだった。普段は雑誌の連載をしていて、二年に一度のペースでそれをまとめた長編の新刊を出すおまえの収入は決して多くはなかったが、一人暮らしをするには十分だった。おまえは苦々しい気持ちで毎年税金を払ったが、いい気になって少額の寄付なんかしているより、その方がよほどまっとうなことなのかもしれなかった。

あとはただ、歌っているだけだった。たとえばこんな歌を。

東ニ病氣ノコドモアレバ　行ツテ看病シテヤリ　西ニツカレタ母アレバ　行ツテソノ稲ノ束ヲ負ヒ　南ニ死ニサウナ人アレバ　行ツテコハガラナクテモイヽトイヒ　北ニケンクワヤソシヨウガアレバツマラナイカラヤメロトイヒ

実際のところ、おまえは平気でそういうことをやっていた。そこには何かとてつもなく残虐なものが潜んでいて、それが相手には想像もつかないということをおまえはよく知っていた。

読者から悩みを相談されて、北海道に行ったこともある。神奈川の病院に何度も見舞いに行ったこともある。手紙は何十通も書いた。

おまえは自分のことも身近な人々のことも一切信用しなかったが、見ず知らずの相手だけには親切だった。それは無責任きわまりなかったが、母性にも似ていた。ひょっとしたら、おまえは母性に似たものをそこで使い果たしてしまったのかもしれない。

とどのつまり、おまえにとって彼らは小説の登場人物と一緒なのだ。彼らは瞬間的にしか存在しない。小説が活字になったとき、登場人物は消えてしまう。おまえが西や東へ走って行って悩みを聞く相手と長くつき合うことは決してない。なぜなら彼らは、架空の領域に属しているからなのだ。

四十歳近くになってからおまえは幽霊を見るようになった。身長が三メーター以上もある少年兵が物憂い顔で高速道路のフェンスに寄りかかっていたこともある。白い影と明け方まで飲んだこともあった。雪の日に、次の町まで二キロは軽くある畑の中の砂利道を、通勤でもするような服装とハイヒールで歩いていく女もいた。姿でなく、その場所には決してないはずの物音に囲まれるということならもっと頻繁にあった。

おまえは、そういう者たちのことも割合に好いていた。おまえの思い通りにはならぬことも含めて、幽霊たちも小説の登場人物と同じだったのだ。

実在していようがいまいが、おまえは、彼らに対して親切だった。だがそれは、おまえの尊大さを守れる範囲に彼らがいたからでもある。好きなものだけに囲まれて、仕事という狭い切り口だけで社会との接点を持ち、人と会わない生活をしていれば、いくらわがままでも良かった。わがままでなければ生活は楽しくなかっただろう。

「イギリスじゃ怪談って冬のものなんだって」

幽霊の話をすると、こう君はそう言った。

「妙なこと知ってるね」

おまえがそう言うとこう君は、いつもの癖で嬉しそうに鼻の頭をこすって言った。

「湖水地帯とかさ、ああいうとこに出るらしいんですよ」

「寒いだろうにね」

「幽霊だから、大丈夫なのかな」

「まあ、冬の方が物事はよく見えるからね」

そして、おまえは思う。二番目の兄だって、もはや幽霊みたいなものではないか。

地元に戻ってきた田原は幼なじみの男性とつき合っていたが、やがて妊娠し再婚することになった。

おまえは彼女と縁を切った。

彼女が毎日おまえにメールでしてくる胎児の話が嫌だという、それだけの理由だった。裸の女のまるい体の中にいる、裸の胎児を気味悪く思った。

彼女が話せば話すほど、内臓が喋っているようだとおまえは思った。一日に何度も来るメールには、子宮というオムレツについての詳細な見解が描《えが》かれていた。オムレツの描写を聞いて牧歌的な賛美を求められ、おまえは拒絶した。

おまえは二番目の兄のことを思い出した。彼の精神を苛《さいな》む病気についての終わることのない話を。そして思った。脳というのは、とりわけ見た目の悪い内臓だ。妊娠も病も、内臓をむきだしにする。彼らはもう、前から知っていた彼らではないのだ。彼らは簡単に自分を捨ててしまう。身体に起きた現象こそが自分だと思い込む。内臓の狂気はやすやすと自己を制圧する。

二番目の兄は、自分と同じ疾患を持った女性を結婚相手に選んだ。家族は荒れに荒れた。彼女に振り回されているだけだ、と家族は言ったが兄は聞き入れなかった。結婚してくれないなら死んでやる。兄は彼女にそう言われたのだった。やりかねない人だった。そして兄は家族と縁を切って家を出た。そんな行動力があるとは誰も予測できなかった。結果的に兄は妻を擁護することで自分の借金を返したのだった。借金を借金で返す国のようだ、とおまえは思った。二番目の兄が残した空虚は、おまえの中に長く残った。

おまえは携帯やパソコンのアドレス帳のことを「死人のリスト」と呼んでいる。二度と会うことも、声を聞くこともない人間の名前がずらずらと並んでいる。もはや名前の役割を果たしていないものもある——つまり、どこで会ってどういう人だったか全く思い出せないということだ。

だが「死人のリスト」からどうしても削除できないのは、本当に死んでしまった人の連絡先なのだ。電話番号の十桁、十一桁の梯子《はしご》を伝って彼らが天から下りてくるわけではないけれど、アドレスの削除は梯子をはずす行為に思われて、ためらってしまう。

3　「黄色い家」

入院の日、おまえは道に迷った。

やることもすっかりなくなって、おまえは車で山道を走った。山頂まで行ってよく知っている道から帰ろうとしたが、なぜか見覚えのないぶどう畑ばかりの場所に出て、どこで曲がっていいのかわからなくなった。こんなことは初めてだった。そして気がつけば、地元の人間が滅多に行かない温泉街にいた。

ちょうど宿をチェックアウトしたばかりの時間なのだろう。狭い道には他県ナンバーの車がひしめき合っていた。彼らの進行方向は観光バスが必ず行くうどん屋がある方角なのだろう。

これから入院し、明日手術するという人間が道に迷って観光地にいるということを思うと、おまえはおかしくて仕方なかった。

こう君はスバルの白いワゴン車で時間通りに現れた。

「悪《わり》ぃんね」

おまえはこの土地の言葉でそう言った。

「なんでもないすよ」

こう君は言いながら、あたりを見回し、

「荷物、これで全部ですね」

と言って車のバックドアを開けた。

「たかが一週間なのにがさばってね」

「旅行に行ぐみたいですね」

こう君はけらけら笑った。

「旅行っていうか、カンヅメみたいだよ」

「まさか病院でも仕事するつもりじゃないでしょ」

「どうせヒマでしょ。痛くても、痛くなくても」

車が動き出してから、おまえは言う。

「でもさあ、病院に車はおけないし、保証人は家族をたてなきゃいけないし、本当に独り者って面倒だよね」

「ちゃんと、僕らがフォローしてるじゃないですか。大丈夫ですよ」

おまえは今更ながら気がつく。ここで、自分に必要なのは恋人でも親友でもない。

ネットワークなのだ。プライバシーに踏み込むわけでもなくゆるく繋がっていて、いざというときに手を差しのべる。おまえがやっている偽善とは正反対のものだ。

早く着いたので、市役所の近所の喫茶店に入った。

「ケーキ食べなよ」

「いいんですか？」

「どうぞ」

こう君は甘党だった。ダークチェリーの入ったチョコレートケーキを夢中になって食べ、手術のことなど全く気にしていないのが好ましかった。おまえも、もうそんなことを話したくはなかったのだ。

「お礼になってないけど病室まで荷物運ぼうかな」

「入院患者専用の台車があるんだよ。大丈夫」

「へえ、そんな便利なものがあるんだ」

「こないだ見つけたんだ」

「倉渕さん、もし足りないものあったら言ってください。届けに来るから」

「来なくていいよ」

「じゃあ、退院のときにまた来ます」

「うん、退院のときにお願い」

車を正面玄関前の車寄せにつけてもらって別れた。

ナースステーションの前でもらった書類に目を通し、いくつかサインをしてから病室に案内された。名前や生年月日を意味するバーコードが印刷されたリストバンドを腕につけられたとき、おまえは「おさるのジョージ」がジグソーパズルを飲み込んで入院したときもこんな腕輪をしていたな、と、思う。おさるのジョージは動物だが、おまえは自分の名前を言えなくなったときに、このリストバンドを看護師に差し伸べるのだ。

看護師はベッドサイドでテレビとスチールの小型金庫の使い方を説明して、あわただしく出て行った。

おまえのベッドは六人部屋の入口に近い隅だった。正面の人は診察なのか、散歩なのかいなかった。持ち物を見て、年配の人かな、とおまえは思う。真ん中の二つのベッドは空いていた。窓際の二つはカーテンが閉まっていて、起きている様子はない。今は挨拶しなくていいだろうと思った。

早速パジャマに着替えたが、かえって落ち着かなかった。荷物の整理も、あっという間に終わってしまった。

おまえは、外来では入れなかったエリアの探検に出た。屋上に出るフロアには、会議室や院長室などがあった。一階とは違うメーカーの自販機があった。

おまえは冷たい紅茶を買って屋上に出た。

物干し台があって、そこで洗濯物を干すこともできるようだったが、誰も使っていなかった。おまえは携帯灰皿とタバコを取り出した。

風が吹いていた。

おまえは目をこらして景色を眺めたが、知っている山はひとつもなかった。

タバコを吸いながら、あの本を持ってくるのを忘れた、とおまえは思う。

おまえは人生後半の設計図、そしておまえの末路が書かれている本を大学生のときに古本屋で手に入れた。

おまえはそれを単なる予感だと思っていた。だが、今となって思えば、小説を書くときに感じる確信と何ら変わらなかった。それは決してぶれないことをおまえは仕事のなかで知っている。

あれは正しかった。

ソール・ベローの著作のなかではあまり知られていないその小説のタイトルは「黄色い家」という。「大柄で陽気、大言壮語、滑稽、話自慢の女」である年取ったハティーは砂漠の町（といっても白人は六人しか住んでいない）にある黄色い家にたった一人で住んでいる。自分では認めていないが貧乏で、財産といえばその家しかない。週に一度、彼女はドレスを着て「昔の、砲塔みたいな形をした車」に乗って「危険なほどのスピードでぶっとばし」て街に出るが、ある日、飲み過ぎたこともあって線路に車を乗り上げて怪我をしてしまう。車が運転できないということは、今の生活が営めないということである。それに、ハティーは、もともと西部の人間ではなく、自分では何ひとつできなかったのだ。近所の人々は親切だが、状況はあまりに厳しい、そういった話だった。ハティーは病院で治療を受けながらこう思う。

「コレカラ何年自分デ自分ノ面倒ヲミナケレバイケナイノカシラ」

おまえはそれを読んで呟いた。

「これは、私のことだ」

おまえが本を読んでそんなことを思ったのは最初で最後だった。後に小説を書くようになってエピソードを自分から借りることはあっても、自分自身のことをきちんと書いたことなどなかった。

鞄のメモ帳には、小説になり損なったこんな文章がある。

「一人で海に行くこと、一人で飲みに行くこと、知らない道を一日ドライブしてどこにも止まらず、だれとも話さずに帰ってくること。それはきちんと立って片足ずつ靴下を履くのと同じくらい大切なことだ」

「白というのは、濁った色だ。どの色の絵の具に混ぜても不透明になってしまう。悪意というのも黒ではなく白いのかもしれない。二つの極を行き来させて逆転する表現、もしくは意外性のある二つを並べてさあどうだ、とメタファーを突きつける表現、というのは多くの場合で可能で、しかもかなり効果的で、そのあざとさと浅さにはいい加減うんざりしている」

夕食が終わると、おまえは持ってきたレギュラーコーヒーを淹れて、それがすっかりさめてしまうまで時間をかけて飲んだ。たかだか数時間気を失うだけだ。

なのに、初めて飛行機に乗る前のような気分がしている。生命の危険もないし、目覚めて何かが新しくなることもないのに、知らない国に行くようにわくわくしている。

これは練習なのだ。

いつか、もっと重大な手術をすることもあるだろう。そのときは、誰かに会いたいと思うだろうか。

二番目の兄の若い頃の姿を思い浮かべるが、うまくいかない。彼は書き終わった小説の登場人物になってしまった。

一人で生きて一人で死んで行くことはもっとさびしいものだと思っていた。だがいつからか、一人でいることにさびしさなどというものは全く感じなくなった。誰かと一緒になって生き別れたり死に別れたりそばにいたまま心が離れていく方がよほどさびしい。

孤独死を発見する人は不快でつらいだろう。だが、本人にとってそれは本当に悔いの残る死に方なのか。孤独死とはある意味自然死だ。そのときになってそれを受け入れられるか、悔しく思うかはわからない。そうなってみなければわからない。

おまえは、ある時期から恋愛を避けなければいけない、と決めた。出会った人に強い興味と好意を感じることがあっても、それについて思案することはやめた。どこからか入り込んだ蠅や蚊のように追い出すか潰してしまうしかない、とおまえは思った。

恋愛を避ける方法はいくつかあった。

例えば故意に距離を間違えること。相手がまだぼんやりと雰囲気や会話を楽しんでいるうちにずかずかと土足で乗り込むのだ。そして相手が驚くと捨て台詞を吐いて撤退する。

「なにを勘違いしてるんですか」

おまえはそう言って笑った。殆どの場合相手は腹を立て、またそうでなくても居心地の悪そうな顔をした。それでも反応がなければ、もっときつい言葉を使うまでだった。

なぜそんなことになったかと言えば、懲りたからだった。

登場人物だの幽霊だのが一番大事なおまえに対して、恋人たちは現実の存在であろうとしてがんばった。そしてより多く現実の時間を使おうとするのだった。それは仕事の邪魔だった。

それ以上に厄介だったのは、恋人から「作家」扱いされることだった。常連しか来ないような小さな焼き鳥屋や、場末の立ち飲みでさえ店主をつかまえて、「俺が連れてきた有名な作家」と紹介する男たちは、つまり自分の自慢をしているのだった。おまえは高級車になったり、新築の住宅になったり、中学受験に成功した娘になったりするのだった。関係ない人々に自慢をしながら、同時に恋人はおまえに嫉妬を募らせていく。おまえは困惑する。なぜプライベートでつき合っている男から有名税の納付書をつきつけられるのか。

おまえは書いている。

「ある日突然、恋人であるはずの男の汗ばんだ肌は夏の満員電車で触れた他人の感触になっているのだった。野菜や、牛乳や、豚肉のように、恋人は突然受け入れがたいにおいを発しはじめる。

彼らは思うのだ。私という人間に飽きた瞬間から考え始めるのだ。地位とか名誉とか金とか名誉とか金とか地位とか名誉とかを。

処理しきれない欲望は結局そこへ向かうのだ。

俺なんかみたいな男とつき合ってくれて、俺は自慢だけれど、でも俺なんか俺なんか俺なんか。

彼らの自尊心は結局彼ら自身を貶め、傷つけることにしかならない。自慢が妬みへと変わっていくのはバナナが腐るのと同じくらい、わかりきったことなのに、どうしてそれを自制できないのか」

そして、別れたあとにあらぬ噂を流すのも男たちなのだ。ちゃんと本人の耳に入る範囲で。そういう女々しいことを男というものは、する。

「作家先生だか何だか知らないけど、ひどいもんだよ」

「まあ雲の上の人みたいなもんだよ、性格は最低だけどね」

そういった噂を耳にしたところでおまえにとって彼らはもはや、センスの悪い海外旅行の土産物や、一昔前の流行り言葉や、書いた本人だけがうっとりしていて読み手が寒気を催すような比喩と変わらない。

おまえのノートはこんな文章で終わっている。

「有名税のしくみ
現実世界に於いて相手の脳内世界のコマとなり、そのルールに違反したときに支払

う ペナルティ。

遊んでるうちに癇癪起こして将棋盤ひっくり返す子供に払う小遣い。酒と同じで、悪意も先に酔っぱらってしまった方が楽なのだ。悪意は受け皿しか求めない。

ペナルティとは、逃げたトラである。

逃げたトラを殺せ。

凶暴に違いないから殺せ。

やられる前にやってしまえ」

4　病室という乗り物

手術の日の朝、飲食を禁止されたおまえがもてあましているところに看護師が来て、てきぱきとその日の予定を伝えた。

八時半にストレッチャーが来ます。術衣はお貸ししますので、T字帯をして待っていてください。ここからストレッチャーに乗って手術棟に行っていただくことになります。手術室に入ってからは麻酔科の先生が来て処置があります。あとはその場で説明がありますので。

そうそう、お好きなCDがあったら手術室でかけられますよ。

「だってすぐに麻酔が効くんでしょう」

「そうですね」

おまえはCDを持ってこなかった。もし知っていたら、クレージーキャッツとか嘉門達夫とかそういったばかばかしいものをかけて、手術の準備をしている医者をくすくす笑わせることができたのに。

おまえは麻酔医の指示を守らなかった。手術後の気管チューブを抜くときの痰のからまりを防ぐため、術前二週間は禁煙するように、と言われたのだ。ハナから守るつもりなどなかった。そもそも麻酔とは喉にチューブを入れたり抜いたり、神経や筋肉を切ったり縫ったりすることのためにあるのではないか。

手術棟に入ると、おまえの身柄は青いシャワーキャップのようなものを被り、同じ色の上っ張りを着た人たちに引き渡された。宇宙人にも、「給食のおばちゃん」にも見えるその人たちに囲まれ見下ろされ、おまえは人体実験を想像する。麻酔医が到着するまで宇宙人たちは、やっぱり娘より息子よね、息子ってもんはマザコンに育てるのが一番、などと井戸端会議をしているが、おまえは既にモノとして扱われ、そこに参加することを許されない。

見分けはつかなかったが、後から一人参加した人があの、麻酔医だったのだろう。あっという間に点滴の用意が整った。

「今から眠くなるお薬を入れます。数を数えてください」

麻酔は刑のようにすみやかに執行された。聞いた通りだった。本当に二秒でおまえは意識を失った。

見慣れぬ視界の色が術衣の青だとわかるまでに数秒かかった。呼ばれているのは自分の名前なのだろう。やはりシャワーキャップの宇宙人だが、メガネと声でかろうじて主治医だとわかる。

「手術はうまくいきましたよ。きれいに取れました」

礼を言おうとするが声が出ない。自分の状態がまるでわからないまま、再び気を失った。

次に目が覚めたとき、おまえは病室にいた。昼なのか、夜なのか、翌日なのか。どれだけ時間が経ったのかわからない。

おまえは、まっさきに声を出してみる。最初は瓶の口に息を吹き込んで鳴らすときのように下手くそな、かすれた空気の音だったが、すぐにそれは声らしきもの、言葉らしきものになった。

起き上がろうとしたが身体がベッドに固定されていた。

「動かないでください。あと二十分安静時間です」

と、看護師が言った。

こんな苦しみは初めてだった。痛みではない。熱でもない。寝返りを打ちたいのに打てないというそれだけのことにおまえは苦しんだ。脳からの指令に従えないからだがうずうずして、泣きたくなるほどだった。たかだか二十分のことが、三時間にも、半日にも思われた。看護師さん、あと何分ですか。

アカシジアというのだ。おまえは思い出す。動きたくて動きたくてうずうずして仕方がない、それが本当につらい。その症状をアカシジアという。

おまえの二番目の兄が薬の副作用で訴えていた。当時のおまえには全く理解できなかった。うずうずして、そわそわしてじっとしていられない、我慢しなければいけない痒みのような苦痛なのだ、兄はそう訴えていた。言葉で表現できない苦しさなのだった。言わば動物の苦しみなのだった。まだですか。どうしてまだなんですか。

振り返って見ることができない右側のベッドに、とても厭な気配のものがいるのを感じる。生きた人間から発するものとは異なる黒いものがじりじりと伝わってきていた。首を回して見えるものかどうか確認したかったが、おまえは動けない。このままでは黒い影に捕まってしまう。赤ん坊のように足をばたばたさせたが、すぐに押さえつけられた。まだですか。どうしてまだなんですか。

何分だの何秒だのといった時間の単位は通用しない。

どうしてまだなんですか。

おまえは動物の悲しみを目に浮かべる。


長い時間のあと、ようやくおまえは解放され、兄夫婦が病室に入ってきた。

「どうも。すみません」

自分の声に全く抑揚がないことにおまえは気がついた。

「声が出たの、ああよかった」

兄嫁は涙ぐむ。それから買ってきたジュースやヨーグルトなどをお店屋さんごっこを始める子供のように、いそいそと並べた。

「四時間かからなかったのよ、手術」

「あ」

「六時間って言ってたのにね。本当に天才ね、あの先生は。大事な神経は一本も切らないで済んだんですって……ねえジュース飲む？」

「ええ」と言おうとしたがアクセントを二つ続けることが難しくて「えー」と言った。

それよりも兄にそこに立たないで欲しいのだ。そこには厄介な黒いものがいる。人を不幸に引きずり込もうとするなにかが。しかし幽霊など見たこともなく、信じる筈もない兄に言っても無駄だろう。

口のなかがからからに渇いている。兄嫁が売店で買い求めたらしい吸い飲みに口を近づけ、リンゴジュースをゆっくりと飲み込んだ。痛みもなく飲み込めたことに安堵した。

「よかったわ。あとはもうゆっくり養生して回復するだけね」

「ありがとう」

その養生が難しいのだ。秘書もおらず、メールや電話を無視できないところで養生するというのが。

だが兄は時計を見て言った。

「じゃあ、俺らは帰らなきゃいけないから。お大事に」

「どうもありがとう」

台本を棒読みしているみたいな自分の話し方に、おまえは馴染めない。

出て行く兄夫婦とすれ違いで、看護師が入って来た。

「もう少ししたら歩きますか？　トイレ自分で行ってみる？」

「はい」

全身麻酔の手術でも、今は当日から歩くのだ。

おまえは右側のベッドを見る。ああ厭だ。まだ何かいる。人間じゃない何かが。昨日は見えなかった。病院というところにはこういうのがいるのか。ああ厭だ。

歩行器をつけ、点滴台をひきずってトイレに行く。看護師が様子を見て、歩行器いらないわね、と言う。点滴台のハンドルを握って歩いてみる。少しふらふらするが、歩けないこともない。

「大丈夫そうね」

「大丈夫です」

術部は麻痺しているような感じだった。痛みはなかったが、ひどく疲れていた。ずっと寝ていたのにこんなに疲れるなんて。

それも飛行機に似ているかもしれない。

病棟の朝は検温から始まる。排便の回数は用紙に書き込むことになっていたが、二番目の兄が入院した精神科と異なり、看護師が便秘など気にもかけないことにおまえは少し驚いていた。

八時半には外来に行き主治医の診察を受ける。消毒をして、様子を聞かれるが、ぼんやりしていてあまり手術の実感はなかった。

手術直後と言っても、おまえは病室で一番軽症の患者だった。点滴台をひきずって外来診察室まで歩いていけるのだから。

「やっぱり、しょうがないんですかねえ、タバコは」

医師は笑った。責めるような顔はしていなかった。

「ごめんなさい」

と、おまえは言ったが、診察の帰りにまた屋上に行ってタバコを吸った。

外来に来ていたとき、一体いつ昼食を食べているのだろうと思っていた医師は、入院してみると想像していたよりさらに忙しいのだった。朝から晩まで患者の面倒を見る主治医に対して、おまえは家畜のように素直な尊敬の気持ちを覚え、タバコ以外のことでは彼らの手間にならないようおとなしくしようと思う。自分が先生と呼ばれるのは絶対にイヤだが、医師が先生と呼ばれる理由がわかったような気がする。

おまえは病室の様子に耳を傾ける。長年の習慣で、おまえが聞いた音はただちに頭の中で文字となって書きつけられる。

そこには年齢も経歴もない。患者の性格もない。あるのはただ、家族と症状だけだ。ひそひそと話す患者の夫と息子の声（これ以上の転院はもうできないらしい）。看護師が来て、明るい声をかけながら素早くカーテンを閉め、SやHやCといった強い子音の音で痰を吸引する。「じゃあ、ごはん入れますからね」。たちの悪いストーカーが送ってきた長文の嫌がらせメールにあった胃瘻《いろう》というのはこういうことなのか。だが、ここではそれは現実のことなのだ。食事という処置。それから排泄という処置。患者は受け入れて生きていく。

全ては淡々と過ぎていく。

尊厳という言葉はここでは大変不吉で、しかも遥か先の段階を示している。それ以前は治療が全てに優先する。そんな言葉を使う機会はない。

おまえの未来がそこにある。八年後、十五年後、おまえは新たに何を受け入れるのかわからないが、窓際のベッドにいる二人と同じようにそれを受け入れるだろう。

おまえは彼らと同じ空間のなかにいるが、彼らにとってはただ物のように存在しているだけだということも感じている。おまえは病室という機関を構成する六つの細胞のうちの一つである。細胞たちは一定のスパンで交換され、代謝を繰り返す。命があるのは細胞ではなく、むしろ病室なのだ。

病室は生き物であるが、おまえにとっては電車や飛行機のような乗り物でもある。ずっとそこにいると決めていたらその質素さは耐え難いだろうが、移動という目的があるからおまえはそこで落ち着いていられるのだ。ちょうど指定席のように、おまえには専用のベッドが与えられ、コンパクトな空間でベッドを起こして食事をすることも、本を読むこともできる。元気になるという到着地を考えてわくわくしている者もいれば、いつまで続くかわからない移動にうんざりしている者もいる。そして、もっと行きたくない場所だってあるのだ。

単調な日々だった。

問診、食事、喫煙、読書、仕事、そしてまた食事、院内を少し歩く、喫煙、読書、仕事。

なにが普段と違うのかと言えば家事労働がないのだった。食材を買ってきて料理をしないだけで、天気を気にしながら洗濯をしないだけで、季節や日にちがわからなくなるほど単調になるのだった。

おまえは毎朝、売店に新聞を買いに行き、できるだけ時間をかけて丹念に読む。ほかにすることがないからでもあるし、病室のカーテン以上に新聞紙はおまえを一人にしてくれるからでもある。

だが、どうしてこんなに新聞というものは読むと嫌な気分になるものなのだろうか。なぜこんなに不愉快になるのか。

それはきっと温度なのだ。

その不快感には、ぬるいみそ汁や、オーバーヒート寸前の車や、冷えていないビールと同じ、がっかりするような感触がある。

政治欄と地域欄、社会面と文化面の温度差がおまえを不快にさせる。どうして社説はこんなに文章が下手なのだろう。おまえが低俗だと忌み嫌っている無責任で不勉強なネットのコラムの方が、ずっと「読まれる」ということを意識している。どうして、政治家は糾弾されるのに企業の横暴には無批判なのだろう。経済活動が国を救うからか、それとも広告主だからなのか。購読者のマジョリティがサラリーマンだと想定されているからだろうか。どうして地球環境保護と少子化問題には聞き飽きた画一的な見解しか出ないのか。どうして世論調査では新聞各社の支持率が出ないのか。あれだけ多くの国がありながら、イスラムという言葉に「過激派」がつかない記事がないのはなぜなのか。日本人がこれほど文章を書くようになった時代に、新聞の投書欄が懐メロのようないい話で満ちあふれているのはなぜなのか。どうして新聞小説は体育の授業で怠ける高校生のようにだらだらと力を抜いて続くのか。それは作家が高額の原稿料を欲しがるからなのか。まるで際限なく観光客に餌をせびる動物ではないか。契約というものがないのか、守られないのか。

新聞は社会に警鐘を鳴らすどころか、いつまでたっても上がる気にならないぬるま湯を提供している。学者や作家はそれに加担する。

危機感の温度というのは、一体何度なのだろう。

新聞記者が気にしているのは何か。世論という言葉はふさわしくない。あれはあれで学術的な方法論と裏付けを持っているからだ。新聞記者が熱弁をふるうときの意識は、もっと感情的、そして露悪的なものに見える。署名記事であっても所詮彼らは企業の人間であり、発言に対する責任は甘い。ニュートラルであれという法則もない。彼らの思う「民衆」はいつの人なのか。左翼の残党か。どこにそんな人がいるのか。現実に起きた事件と架空の設定が鳴らす不協和音をおまえは感じる。

だがおまえだって、新聞社とだけは喧嘩をしたことがないではないか。どんな無理難題を言われても、どんなひどい取材を受けても、面と向かって侮辱されても、せいぜい飲み屋で弱気な陰口をもらすだけではないか。

作家は保護されるからなのだ。よほどのことがなければ、新聞からは叩かれないし、叩かれては困ると思っている。飲み屋で「新聞であんたこう書かれてたね」などと言われるのは本当に面倒なのだ。おまえもまた、五十年も百年も前の「文士」などという立場に甘えているだけなのだ。

文士と民衆だって？　二番目の兄が聞いたら笑い死にするかもしれない。おまえはもっと違うことを考えていたのではないか。

超然とするべきではなかったのか。

「まあ、こういうこともなんらかの宣伝にはなりますからね」

記者に恩着せがましく言われたことは何度もある。

だが、無尽蔵な利益を株主に配当する必要がないおまえに、どうして宣伝がいるのだろう。

物語を書きたくて、そのために生きているのだ。

あとは食費と交通費とちょっとした雑費が出れば十分ではないか。

「もっと売れるといいね」

「今年はベストセラーが一本欲しいね」

などと言うのは、すぐに去って行く「自称友達」だけなのだ。

「多くの読者の手元に届けたい」

インタビューを受けてしかたなく言うこともあるが、おまえは一度だって読者のために小説を書いたことがない。

一貫した態度を、どうしておまえはとれないのか。

超然とするべきではないのか。

なぜ新聞に腹が立つのだろう。

入院中、ずっと考え続けて、それが期待と同じなのだと気がついた。そして思いもよらぬ結論が出た。

新聞は、おまえにとって父と同じなのだった。

おまえは、自分の家族とまともなつき合いもしていないくせに、「父的ななにか」を求めていた。それを新聞というメディアに、過剰に期待していただけだったのだ。

家長的ななにか、社会を分析するなにか、ぶれない常識を持つなにか、規範を全うするなにか。

なぜ今更そんなことを求めるのだろう、とおまえは思う。

超然とすべきではなかったのか。

頭が冴えてきて、おまえはベッドの上にいられなくなる。財布とタバコを小さなトートバッグに入れ、サンダルをつっかけて白い階段を下りて行く。

ここで父のことを考えるなんて思ってもみなかった。

おまえは決してそこに触れないように、慎重に歩いてきたのだ。そして父もそうだった。お互い腫れ物同士だったのだ。少しでも触れると、不要に敏感なプライドが痛むのだった。腫れ物に詰まった膿をおまえは恐れた。そして父も。なぜならおまえとおまえの父親は精神的に瓜二つだったからだ。すぐ不機嫌になり、生意気で、頑迷で、人が嫌がる言葉をよく知っている二人だった。だが、生真面目で公共心が強く、たとえ自分の不利になるようなことがあっても筋を通すことにこだわった。

もう高齢の父は心身ともにすっかり弱ってしまい、それを認めたくないおまえは盆と正月くらいしか帰省もせず、帰ったところで義務的に居心地の悪い時間を共有するだけだった。

窓際の患者の一人が個室に移動になり、代わりに入ってきた年配の女性はかなり賑やかな人だった。昼間、つきっきりだった夫が帰ると三十分もたたないうちに彼女は騒ぎはじめた。

長年の習慣で、まわりの音を、彼女の声をおまえは頭の中で書き付けている。

「おとうさん」

「おとうさん、どこ」

「よう」

「おとうさんよんでください」

「よう、よう。とうちゃん」

「いたいようとうちゃん」

「はずしてこれ、いたいよ」

「いたいなあ」

「はやく、はやく」

「たすけて、よう、よう」

誰も一言も発しない。

おまえは思う。

かわいそうかもしれないけど、彼女は手術をしたのではなく、尿道にカテーテルが一本入っているだけなのだ。

「よう、よう、おう。とうちゃん」

これは歌だ、とおまえは思う。

医者は物語をする。そして患者は歌を歌うのだ。

患者という細胞を取り込んでは吐き出す病室は、それらの細胞ひとつひとつの都合を関知しないが、細胞であるおまえたちは、病室という乗り物に乗って移動している。移動するからには、迷うこともある。道を失うこともある。行き倒れて死んでしまうことだってある。

しかし、そもそも生きること自体が移動ではないのか。

おまえは知っている。悩んだときは道に迷えばいいことを。道に迷えば、大抵の悩みは忘れる。この道が正しいのか引き返すのか、どこをどう行けばよかったのか、それともどこかに繋がってなんとかなるのか、そう考えているとき、おまえという人間はいない。おまえは迷った個体にすぎない。道に迷った個体は、その遺伝子の終焉の淵にある。

どんな悩みよりも、人間にとっては「自分が今どこにいるのか」ということの方が大切なのだ。海流の中で一生を過ごす魚たちとは違い、人間は、今は滅びてしまったオオツノシカや、太古の野生のウマと同じだった。鳥たちほど生きるのが上手くはなかったが、爬虫類よりは器用だった。

「自分がどこにいるのか」

動物たちにとって、それは生きる時間と同義だった。自分の位置はすなわち食べることであり、恋することであり、眠ることだった。

だから人間になった今でも道に迷うと、頭がはっきりするのだ。悩みが消え失せるのだ。ほかのこととは圧倒的に優先順位が違うのだ。

狂気というものは、近い将来化学式のように書いて説明できるのではないか、とおまえは考えている。それほど法則性と親しいのだ。楽器を弾くことも、絵を描くことも、セックスをすることも、夢を見ることも、動物に話しかけることも、自分を失うという意味では小さな狂気だ。小さな川のあちら側だ。

おまえが憧れていた狂気などというものは、兄の疾患のなかにはなかった。おまえが作家として欲しいのは本物の狂気なんかではなく、もっと飼い慣らされた矮小なものだった。つまり毒を薄めて小さな錠剤の形にしたものだった。

おまえはベッドから下りてゆっくりと体の平衡感覚や、隅々の動きを確かめながら病室の外へ出て行く。肩にかけた薬品会社のロゴ入りのポシェットには術部からしみ出る体液を貯めるための樹脂製のバッグが入っている。古くなったエンジンオイルより少しだけ明るく透明感のある、それでもおよそ清潔な色とはいえない液体がおまえの体から排出され続けている。

人間の体には汚いものがたくさん詰まっている。そんなものを丁寧に扱ってくれる医師や看護師の職業的な態度におまえは感嘆する。だが浄化槽の論理で言えば、実は排泄物が一番きれいな水に近くて、食べ物が一番遠いのだ。食べ物ほど汚いものはない。

ベッドの上でおまえが読んでいる本は『人間についての寓話』という題名の評論集だ。人間についての部を読み終わったおまえは、著者の専門であるチョウについて一九五七年に発表された評論を読み返している。おまえは内容を知っていてその本を持ってきたわけではなかった。

だが、こういう偶然は確かに存在する。アゲハチョウやクロアゲハには鮮やかな緑色のサナギと、褐色のサナギが存在する。それはサナギのついている場所によるものである。ではどのようにしてそれが決まるのか。

著者の日高敏隆は、アゲハのサナギになる直前の老熟幼虫の一部分を糸で結んだときに色がどう変化するかという実験をする。さらにサナギの色の変化にどの神経節が携わるのかを見るために、老熟幼虫に手術をする。(手術という言葉が書かれているのを見て、おまえは全身に緊張が走るのを感じる)脳を含む七つの神経節について、一つずつ取り除いていくのだ。

おまえは、術後初めて痛みを感じる。しかしその痛みは物理的な傷に由来するものではなく、神経の興奮が、実験の文章を読んだ刺激を肉体の痛みのように感じさせているだけなのだ。

さすがにこれはつらいな。

おまえは笑いをもらす。主治医に話したいところだが、彼はそれほどヒマではないだろう。だが、これからの痛みはきっとこういうことなのだ。今は麻痺していて何も感じないが回復するにつれて味わうのはこういうことだ。梅干しを見たら唾液が出るように、疾病ではなく反応としての痛みが来るだろう。温度や気圧の変化によっても痛みを感じる可能性はある、と主治医は言っていた。そういう反応を繰り返しながら何年もかけて落ち着いていくのだ。それは、自分のサナギが緑色になったり褐色になったりするようなことだろうか。

チョウのサナギに関する評論は、おまえの現在についての寓話だった。

たった一週間の入院でも、ここには「おまえがいる理由」がある。二番目の兄の部屋にいられなくなってから、ずっとおまえが探していた「どこか遠く」というのはここなのか。

これは何年もとれなかった休暇なのだ。好きなときに眠り、本を読む。人と会う必要もないし、携帯の電源も切っている。パソコンが禁止であることも休暇という意味ではありがたい。

そもそもこんな軽症では、どれだけ日常を愛しているかなんてことを語ることさえばからしい。おまえはただ、淡々と過ごせばいいのだ。

退院の日には、こう君が来てくれると言った。

「またメールするけど、もし時間が合わなかったらこの前の喫茶店にいるよ」

おまえはこう君に電話をかけて、相変わらず棒読みにしかならない口調で言った。

「ああ、ほっとしました。よかったです。俺、ちゃんと行きますから」

「ありがとう」

「帰ってから生活、大丈夫ですか？」

「先生から傷のところをゴシゴシしないで、って言われたけどそれだけ。ほんとにそれだけ」

こう君は笑いながら復唱する。

「ゴシゴシしない、ですね。わかりました」

家に帰って、閉め切った窓を全部開けたら一番に何をするだろう。

おまえは「死人のリスト」をスクロールしてみるだろう。

だが連絡をとりたい者など誰もいない。

5　文学の終焉

全ては焚き火のまわりの物語から始まった。

子供も大人も、同じ話を何度でもせがんだ。

紙の媒体を得て長い間、物語は安定していた。その時代は王朝のように続いた。

だが、誰もが不特定多数からの反応を求めて発信をはじめたとき、物語は滅び始めた。世の中は作家志望で溢れた。彼らの書く「作品」は、主に功名心からできていた。

たちまちインフレが発生し、濫発された新しい紙幣がないと何も買えない時代が来た。

どこからともなく漂いだしたむなしさは火山灰のように降り積もり、人々はもはや地面も太陽も忘れてしまった。

こうして文学は鮮度を失い、誰も食べたがらない残り物の総菜のように色を失い、粘りと腐臭を発し始めた。

病院から家まで送ってくれたこう君が帰って行くと、おまえは久しぶりに一人になった。

たった一週間の不在だった。部屋は汚れていなかったし、局留めにしておいた郵便が来るのは明日の午後だった。

おまえはまずメールの処理をした。不要なものを削除し、必要なものだけを注意深く「もう一度未読」にしておいた。

それから台所に湯を沸かしに行き、コンロの前で無意味なため息を一つついた。

今、おまえの首には、長さ六センチの棒状の空虚があって、いずれそれは健全な組織か、新たに生まれた腫瘍で満たされていく筈だった。

ゴシゴシしなければ。


思い当たったことがある。

倉渕の小栗上野介は、あれは父にとっての「物語」だったのだ。

父は酒を飲んで機嫌がいいとき、唐突に幕末の話をした。ジョン万次郎や、榎本武揚の話をすることもあったが小栗は父にとって特別なお気に入りだった。有能で若い頃から多くの官職についたこと、渡米して通貨関係の交渉をするほどの経済通だったこと、横須賀製鉄所を作ったこと、最後は家族を引き連れて領地である権田村に帰農し――その地名は一家の名前と同じ倉渕という場所に現在も残っている――家の普請などをしていたが謀反《むほん》を企てた疑いで討ち取られたこと。

「どうなんだろうね。小栗は生意気な男だったのか。おっちょこちょいなところもあったのか」

父はそう言っていた。自分と似た部分ばかりを探す人だった。

だが、普遍とは好きで選びとるものだろう。父にとっての小栗上野介はそのまま、おまえにとってのハティーである。

ハティーの父は何をしていたのか。

おまえは書棚から短編集『モズビーの思い出』を取り出す。

ハティーは父と喧嘩をして飛び出したのか。老年になって酷似していることに気がついたのか。おまえは息を詰めて何百回も読んだ本に見落としがなかったか読み始める。だが父親は出てこなかった。ハティーの母は八十五歳の頃耄碌《もうろく》して奇行が多かった、と書いてある。ハティーは小説の中で、父親のことを思い出していない。

都会から来た嘘つきで、俗物で、高慢な七十二歳の老女ハティー、飼い犬のリチーを打ち殺したがそれを人のせいにしたハティー、車の運転ができなかったら生活を維持していけないハティー。おまえはどうしたって、自らの物語を彼女の中に見いだしてしまう。

おまえはこの土地の変化に富んだ気象が好きだった。砂埃を舞い上げる春の突風も、夏の強い雨と激しい雷も、秋の冷え込みも。一日という単位のなかでも静穏と暴風が同居し、雨だって一日降り続くことはない。山を越えてきた雲はあっという間に通り過ぎ、広い平野を横切って海のある地方へと拡散していってしまう。有名な冬の強い風が吹くのは昼前から夕方までのことで、明け方や夜はいつも静かだった。どんな天気も、おまえの住む町では一時のことに過ぎない。

おまえは冬が好きになった。

冬はものがよく見える。

太陽でさえも。

おまえは見える範囲の山の名前を全て覚えた。山間を走る川の名前も知っている。それらは携帯の「死人のリスト」よりもはるかに雄弁で、おまえはその名前の一つ一つを思うことが好きだ。

おまえの移動の終わりはそう遠い未来のことではない。

おまえは思う。超然というのは手をこまねいて、すべてを見過ごすことなのだ。栄えるものも、滅びるものも。

価値のあったものが、ただのゴミになり、意味のあったことが抜け殻になっていく。畑の隅の木の下や中途半端な形の土地に見捨てられた廃車と同じように、錆と植物と微生物に侵食され、ゆっくりとだが解体していく。

おまえは、その全てを見ていたいと思う。

もはや物を書く理由などないのだ。

土壌がすっかりだめになってしまった畑を見回る人と同じように、おまえも自分だけの文学の畑に通うことをやめないだろう。土にはまだ無限の可能性があると信じているだろう。いくつかの出来損ないの作物をおまえは手に取って見つめ、それからその場に投げ捨てる。だが、畑そのものを見捨てたわけではない。

文学はものづくりなどではなかったのだ。

人に伝えようとして書いたりはしない、おまえは過去にそう言った。ただ湧きおこってくるものを、書かずにはいられない、と。そこに文学の神様がいるとまで言った。

文学の神様、それはギャンブルの神様とどこが違うというのか。

おまえの「創作活動」は、自分だけのドラマに酔って見たことも触れたこともない競走馬に大金をつぎ込むことと何ら変わりない。おまえが「創作」を語ること、それは博打《ばくち》のカタルシスを語ることと全く変わらない。狂気とぎりぎりのところでやっている、という台詞は博打で大勝ちした人のたわごとだ。彼らは勝ったときだけ、理由を、プロセスを饒舌に語り始める。それはおまえの文学談義そっくりだ。

おまえは日がな一日スロットマシンの前にいるだけなのに、自分が、鶏が卵を生むように言葉を生み出しているようなことを言うではないか。自分がマシンになったようなことを言うではないか。

文学は、どんなにがんばっても忘れられた経済学の理論以上にはなれなかった。誰もが経済活動をしているし、誰もが価値観を持っている。その時代の中での経済の発展という妄想も共有している。だから一見それらは身近に感じられる。

文学も同じだ。恋愛だの暴力だの裏切りだの偶然だの運命だのといったテーマは、誰もが持つものにつけこんで血を吸おうとする化け物に過ぎない。おまけにそいつらは「高尚な学問面」をしているのだった。文学は経済学より感傷的だったが、同じようにいかがわしく、双子のように似ていた。絶版になった文芸書は、経済通を自称する政治家の怪しげな論法や、大学のテキスト以外に使いようがない「学問」によく似ていた。

だが、文学がなんであったとしても、化け物だったとしても、おまえは超然とするほかないではないか。

おまえはこの町に来て初めて知ったのだ。

ここでは、夕日はいつも山の向こうに沈む。太陽は夏至と冬至の間を往復しながら沈んでいく。圧倒的にすべてを包む夕焼けは、日没と同時ではなく、しばらくたってから発生する。名前のある山の向こうに、見知らぬ輝かしい文明が生まれたかのように発生する。だが、山のこちらでは既に夜が始まっている。もう明日まで日は昇らない。美しい夕焼けに包まれながら、なにもかも取り返しがつかないのだ。

文学は長い移動を終えて、ついに星のように滅亡するだろう。すべての死んだものが土に還るように、温度を失い、ばらばらに分解されていくことだろう。

小説は、意味と接続を失った文になり、散らばった文はやがて言葉の断片となり、やがて言葉であることもやめて、音を失うだろう。失われた文字のあとに残ったのは、マカロニの袋の底にあるものとほぼ変わらぬ、鉤型や、棒状や、U字型のかけらだけだ。言葉は、いいシャツの肌触りや、井戸水ののどごしや、リンゴのかおりや、踏み込んだアクセルの反応や、人が作ってくれた料理が食卓に並ぶのを待つ時間のような、そういった心地よい情報の断片であることをやめて、「ヴァ」であるとか「ノッシュ」といった耳をなでる風の音、砂の音となり、やがてそれも消え失せていくだろう。

すべてが滅んだ後、消えていった音のまわりに世にも美しい夕映えが現れるのを、おまえは待っている。ただ待っている。

参考書籍

『宮沢賢治詩集』（岩波文庫）
「黄色い家」（『モズビーの思い出』ソール・ベロー著、徳永暢三訳、新潮社）
「アゲハチョウ——サナギの保護色のしくみ」（『日高敏隆選集VI　人間についての寓話』日高敏隆著、ランダムハウス講談社）

解説──滅亡の彼方《かなた》に夕映《ゆうば》えを待ち望む

安藤礼二

超然とは、「部外者」であることだ。「下戸の超然」の「僕」、鳴海《なるみ》広生《ひろお》はそう思う──「酒飲みや嫌煙は思想とすぐ結びつくけれど、下戸は思想とは全く関係ない。健康問題でさえない。健康のために酒をやめる人はいるけれど、下戸はそもそも何もやめていないのだ。部外者と言っていい」。

部外者であるとは、「どこか遠く」を求めてたどり着いた新しい土地で、「よそ者」として、すべての出来事を物語として考えることだ。「作家の超然」の「おまえ」、倉《くら》渕《ぶち》時子はそう思う──「地方都市においてよそ者として暮らすのは気分のいいことだった。おまえはそれなりに顔を知られていたが、誰もおまえの過去には関心がなく、ここに来たときからのことだけが大事なのだった」、あるいは、「新しい土地での生活が落ち着くと、おまえにとっての生活はますます架空めいたものになった。おまえが見るものは、遠い煙突から出る煙のように熱もにおいもなく、ただ拡散しているだけだったが、おまえは瞬時にそれを言葉によって分解し、調理し、固定してしまうのだった」とも。

部外者であり、よそ者であることで、「すべて」を見ることができる。栄えるものも、滅びるものも。人間たちの営む愚かであり幸福な生活も。あるいは、人間たちが滅び去ってしまった後の光景までも。「どこか遠く」を求めて移動し続けること、部外者でありよそ者であることによって、あらゆるものから超然として「すべて」を見て、「すべて」を記録すること。それらは『妻の超然』という一冊の書物を貫くテーマであるとともに、絲山秋子がこれまで残してきた作品世界全体を貫くテーマでもある。

解説としてはやや先を急ぎすぎ、抽象的になりすぎてしまったかもしれない。絲山秋子は、「妻の超然」「下戸の超然」「作家の超然」という三篇の物語から構成された『妻の超然』という一冊の書物で、日本語で可能となった文学表現の極限を目指そうとしている。しかし、それは、いわゆる前衛小説の条件として自明のように考えられている難解な術語を用い、奇矯な物語作法を駆使してのものではない。そのような奇をてらった作品は、瞬《また》く間に古びてしまう。そうではなく、絲山の作品は、きわめて日常的で具体的な情景からはじまり、徐々に、読者にとって未知なる表現の時空に入り込んでいく。おそらくその過程は、作者にとっても同様のものであったはずだ。既知の風景を未知の風景に変える。そのとき、風景を見ている「私」もまた根底から変容してしまう。

一方では確固とした現実の風景を小説の言葉にしていく描写力の高さと、もう一方ではそれまで誰も見たことも聞いたこともなかった幻想の風景を小説の言葉として定着していく技術力の高さと。日常の生活をリアルに描き出した「普通」の小説と、非日常の生活をフィクショナルに描き出した「前衛」の小説と。絲山秋子は自らが実践していこうとする文学表現の二つの極の間に差異を設けることなく、二つの極を自在に往還する。そのような技術とポリシーをもった作家の存在は、稀有《けう》である。

読者は、三人称で書かれた「妻の超然」から、一人称で書かれた「下戸の超然」を経て、二人称で書かれた「作家の超然」に到達する。これまで日本語の小説として採用された「話者」の在り方を、既知の方法から未知の方法に至るまで、すべて体験することができる。しかも、三篇のなかで最も実験的な「前衛」の小説である「作家の超然」においても、物語の展開される具体的な土地の名前とその環境、登場人物の固有名は明記されている（「下戸の超然」も同様である）。絲山秋子にとって、文学的な実験と文学的なリアリズムは背馳《はいち》しないのだ。逆に、三篇のなかでも最も「普通」の小説である「妻の超然」では、文麿と理津子の夫婦の姓が最後まで明らかにされない。異なった姓をもたない二人の間の齟齬《そご》が問題にされているからであろう。自然に展開される物語のなかに人為が持ち込まれている。

三人称の「妻の超然」と一人称の「下戸の超然」は、「超然」をめぐって表裏一体の関係にある。「超然」を貫くことによって、姓が同じ男女にはある種の和解が訪れ、姓が異なった男女には破綻《はたん》が訪れる。「妻の超然」では女性の側に、「下戸の超然」では男性の側に視点が置かれているが、より批評的に「超然」が描かれるのは、一人称を採用した「下戸の超然」である。物語の最後、「僕」は恋人が囚《とら》われている「ポジティブな不毛」を抉《えぐ》り出すとともに、恋人から「そうやっていつまでも超然としてればいいよ。私は、もう合わせられないけど」と痛烈な批判を浴びせかけられる。「超然」であること、孤独であることがもつ矜持《きょうじ》と透徹さ、その裏面に存在する身勝手さと冷酷さが鮮やかに浮き彫りにされている。

よりユーモアに包まれているが、「妻の超然」の二人、文麿《ふみまろ》と理津子もまた、「別々の孤独」に「閉じこもる」ようになった夫婦である。最も近しいはずの者たちがそれぞれの「孤独」に閉じこもる反面、最も遠い者たちの間に親密な「ネットワーク」がひらかれる。理津子がほとんど日常生活とその背景を知ることがなかった二人、タクシーを軽やかに運転して移動し続ける友人の「のーちゃん」や、優雅な一人暮らしを楽しんでいる料理教室の「舞浜先生」との付き合いは、孤独であることを条件として成立するコミュニケーションがもつ新たな可能性を明らかにしてくれる(他者とのコミュニケーションがもつ逆説的な可能性は「作家の超然」でも重要な主題となる)。「妻の超然」および「下戸の超然」で積み重ねられてきた表現の実験を一つに総合し、「超然」であることの栄光と悲惨、つまり「すべて」から超然として立ち「すべて」を見て「すべて」を記録しなければならない作家であることの栄光と悲惨を、作家自身の「私」を素材として、より深めていったのが「作家の超然」である。私は、この一篇に絲山秋子の作家としての一つの到達点を見出《みいだ》す。

絲山秋子は「作家の超然」に二人称を採用する。二人称の「あなた」を用いて物語を紡《つむ》いでいくという選択は、この技法をはじめて用いたミシェル・ビュトールへのオマージュという以上に、絲山にとって必然的なものであったはずだ。作家である「私」の超然をより冷酷かつリアルに表現するためには、「私」を内側からではなく外側から、あたかも一つの「もの」であるかのように描き尽くさなければならない。

その結果、「作家の超然」は二人称で書かれたきわめてフィクショナルな「私小説」という未聞《みもん》の形式をとることとなった。絲山秋子は、作家である「私」を徹底的に解剖していこうとする。そのために、作家の分身にして鏡像である「おまえ」倉渕時子に、文字通り手術を受けさせる。しかも、大動脈と大静脈という体内の最も重要な交通路が一つに交わる首の部分にできた腫瘍《しゅよう》を取り除くための手術を。その代償として、作家として語るための声を失うかもしれない危険を冒させて――「手術棟に入ると、おまえの身柄は青いシャワーキャップのようなものを被り、同じ色の上っ張りを着た人たちに引き渡された。宇宙人にも、『給食のおばちゃん』にも見えるその人たちに囲まれ見下ろされ、おまえは人体実験を想像する」、さらには「おまえは既にモノとして扱われ」ていた、とも。

小説にも音楽にも絵画にもない「人体の異常の魅力」、「長さ六センチの腫瘍の構造と組織」に「おまえ」は心奪われ、医師はその腫瘍の有様を一つの「物語」を語るように、さらには腫瘍を摘出する手術をあたかも物語を構成する「文体」を磨き上げるかのように語る。絲山はこう記す。医師は物語をし、患者は歌う。病室という閉鎖空間が豊かな表現空間に変容する。この段階まできて、絲山の描き出そうとする「超然」は、人間をはるかに超え出てしまう。

狂気に限りなく近づいた最晩年のニーチェのように、もはやそこでは健康と病との間に区別をつけることすらできない――「病は自分の体の中にあり、自分だけの特別なものだというのに、すべてに優先させることができた。腫瘍はいつの間にか、おまえが乗ったことのないビジネスクラスに座っていた。ちょうど、小説によっておまえが『生かされている』と感じたように、今は病気がおまえを『生かしている』。おまえは病院で空いたベッドを探して倒れ込みたいほど疲れているが、同時にエネルギーに満ちあふれている」。

「おまえ」は、病によって究極の移動を体験する。病から帰還した後、「おまえ」は森羅万象あらゆるものが消滅し、また生成してくるような場所に、超然として立つことが可能になる。そして、人間以降の光景にして人間以前の光景を幻視する――「価値のあったものが、ただのゴミになり、意味のあったことが抜け殻になっていく。畑の隅の木の下や中途半端な形の土地に見捨てられた廃車と同じように、錆と植物と微生物に侵食され、ゆっくりとだが解体していく」。解体は同時に発生の母胎でもある。栄えるものも、滅びるものも、その「すべて」を見透す眼差しを獲得した「おまえ」は、そこに文学の滅亡にして発生を重ね合わせる。

すでに「下戸の超然」のなかで、二人の関係の齟齬を、二人で形づくる言葉の齟齬――スクラブルという英単語を作るゲーム――として描き出していた絲山秋子は、さらに文学言語が発生してくる根源の場所に遡《さかのぼ》ろうとする。「文学の終焉」とタイトルが付された「作家の超然」の最終章、その最後のシーンを、絲山秋子はこうはじめる――「文学は長い移動を終えて、ついに星のように滅亡するだろう」、「小説は、意味と接続を失った文になり、散らばった文はやがて言葉の断片となり、やがて言葉であることもやめて、音を失うだろう」。そして、こう閉じる――「すべてが滅んだ後、消えていった音のまわりに世にも美しい夕映えが現れるのを、おまえは待っている。ただ待っている」。

ぜひもう一度、この最後の一節を、実際に味わっていただきたい。「誰もが不特定多数からの反応を求めて発信をはじめたとき、物語は滅び始めた」。あるいは、「文学は鮮度を失い、誰も食べたがらない残り物の総菜のように色を失い、粘りと腐臭を発し始めた」。そのような冷静な現状認識のなか、滅亡のさらなる彼方に、「世にも美しい夕映え」を待ち望む絲山秋子の強靱《きょうじん》さに震撼《しんかん》させられる。

（平成二十四年十二月、文芸評論家）

初出
妻の超然　「新潮」二〇〇九年三月号
下戸の超然　「新潮」二〇一〇年一月号
作家の超然　「新潮」二〇一〇年九月号

単行本
二〇一〇年九月新潮社より刊行

妻《つま》の超《ちよう》然《ぜん》

新潮文庫　い－83－4

平成二十五年三月一日発行

著者　絲《いと》山《やま》秋《あき》子《こ》

発行者　佐藤隆信

発行所　株式会社　新潮社

郵便番号　一六二―八七一一
東京都新宿区矢来町七一
電話　編集部(〇三)三二六六―五四四〇
　　　読者係(〇三)三二六六―五一一一
http://www.shinchosha.co.jp

価格はカバーに表示してあります。

乱丁・落丁本は、ご面倒ですが小社読者係宛ご送付ください。送料小社負担にてお取替えいたします。

印刷・大日本印刷株式会社　製本・加藤製本株式会社

ISBN978-4-10-130454-0 C0193